文豪怪奇コレクション

恐怖と哀愁の内田百閒

東雅夫 編

双葉文庫

文豪怪奇コレクション

目次

恐怖と哀愁の内田百閒

とおぼえ 9
映像 29
サラサーテの盤 45
梟林記《きょうりんき》 69
青炎抄《せいえんしょう》 81
昇天 129
遊就館《ゆうしゅうかん》 157
影 177

亀鳴くや 193
枇杷《びわ》の葉 209
雲の脚 219
ゆうべの雲 229
狭莚《さむしろ》 239
由比《ゆい》駅 253
菅田庵《かんでんあん》の狐《きつね》 松江阿房列車（抄） 275

✦

編者解説 298

本文の表記は原則として新字・新仮名とし、難読語には振り仮名を付しました。底本にはちくま文庫版『内田百閒集成』（3・4・6）、岩波文庫版『冥途・旅順入城式』、福武書店版『新輯　内田百閒全集』（第十五巻）を底本としました。

文豪怪奇コレクション

恐怖と哀愁の内田百閒

とおぼえ

初めての家によばれて来て、少し過ごしたかも知れない。主人はその先の四ツ辻まで送って来た。気をつけて帰れと云ってくれた様だが、足許《あしもと》があぶなかしく見えたのだろう。別かれてから薄暗い道を登って行った。だらだらの坂で、来る時は気がつかなかったが、登りになると相当に長い。両側に家のあかりはないけれど、崖ではない。足許の薄明かりは何処から射して来るのか解らない。何だかわけもなく、こわくなって来た。

登り切った突き当りに氷屋がまだ店を開けている。秋風が立っているのだが、蒸し熱い晩もあって、今日は特に暗くなってから気持の悪い風が吹き出した。どっちから吹いて来るのかよく解らない。迷い風と云うのだろう。しめっぽくて生温かいから、肌がじとじとする。冷たい氷水が飲みたいと思った。

店に這入《はい》っていきなり腰を掛けた。電気の明かりに影が多くて、店の中が薄暗い。亭主らしい男が明かりの陰になった上《あが》り框《かまち》からこっちを見ている。

「入らっしゃい」

「すいをくれませんか」

「え」

「すいを下さい」

「すい、たあなんです」

「氷のすいですよ」

「どんなもんですか」

「おかしいなあ、氷屋さんがそんな事を云うのは」

「聞いた事がありませんなあ」

「弱ったな」

「ラムネじゃいけませんか」

「いけないと云う事はないが」

おやじがそろそろこっちへ出て来た。

「済みませんなあ。それじゃラムネにいたしますか」

コップに氷のかけらを入れて、ラムネの罎《びん》と一緒に持って来た。

「お客さんが、いきなり変な事を云われるのでね」

「変な事を云ったわけじゃないが、氷屋さんはこっちの人ですか」

「いいえ、わっしはそうじゃありません。中国筋です」

「そうか、それだからだ。そら、雪と云うのがあるでしょう、氷屋の店で一番安い奴さ」

「へえ、あれですか。搔き氷に白砂糖を掛けた、あれでしょう。それがどうしました」

「白砂糖でなく甘露を入れて、その上に氷を搔いてのっけたのが、すいなんだ」

「へえ、そうですかな。知らなんだ」

そう云いながら、ラムネに栓抜きを当てて押したら、ぽんと云う音がして玉が抜けた。途端におやじが頓狂《とんきょう》な声を立てて、わっと云ったから、私の方が吃驚《びっくり》した。

「ああ驚いた」と云って、おやじが人の顔を見た。

「どうしたのです」

「いえね、ああ驚いた。さあどうぞ」

ラムネを半分許《ばか》りコップに注いで、上《あが》り框《かまち》の方へ帰って行った。

どうも、少し酔っているらしい。しかし、氷ラムネは実にうまい。ラムネが咽喉を刺す様な味で通ったら、不意に茅ヶ崎の氷ラムネを思い出した。農家の離れを借りて療養生活をしている友達の見舞に行って遅くなり、帰りは夜道になった。初めは人の家の明かりが点点と瞬《またた》いている細い道を曲がり曲がって、低い石垣に突き当たり、それから折れて出た所が一面の水田であった。その中にほのかに白く見える道が真直ぐに伸びている。来る時に通った筈《はず》だが、丸で初めての所を歩いている様な気がし出した。

水田の中のその道に出てから、急に恐ろしくなり、何が恐ろしいか解らずに足許ががくがくした。急いで早くその道を通り抜けようと思っても、足が思う様に運ばない。そうして段段にこわくなって来る。立ち竦《すく》みそうで、しかし一所にじっとしてはいられないから駈け出そうとするのだが、足許がきまらない。

夢中で水田の間を通り抜けて、茅ヶ崎の駅に近い家並みに這入《はい》った。両側の明かりでほっとした目の前に氷屋があったから飛び込んでラムネを飲んだ。ラムネが咽喉を刺す様な味で通ったら、そうだ、おんなじ事を考えている。あの時も今夜も同じ味のラムネだ。ところで今夜は何もない。あの時は、後でなぜあんなにこわかったかと云う事を考えて、病人の傍から死神を連れ出してやったのだと云う事にきめた。だから随分病勢が進んでいたのに取りとめたではないか。そんな事を本気で考えた。

どうも、そうではないね。今こうしてラムネを飲んで考えて見ると、友達の死神を背負って、途中で振り捨てたなんて。そんな事じゃない。そうではない。

腰を掛けている足許から、ぶるぶるっとした。「おじさん、ラムネをもう一本くれないか」

「へいへい」

物陰《ものかげ》からおやじが出て来て、今度は栓をそっちでぽんと抜いてから、持って来た。

「咽喉がかわきますか」

「ああ」

「お客さん、どうかなさいましたか」

「なぜ」

「いえ。まあどうぞ、御ゆっくり」

おやじが足音を立てずに、物陰へ這入って行った。

二本目のラムネは前程うまくない。もうそんなに飲みたくもない。しかし、死神ではない。何だと云うに、これを考えるのはいやだな。しかし、矢っ張りそうだ。そこを歩いて行った自分がこわかったのじゃないか。

「お客さん、何か云われましたか」

「え」

「なんか云われた様でしたが」

「云わない」

ごとごとと音をさせて、おやじは上《あが》り框《かまち》に移ったらしい。

そうなのだ。それを考えるのがいやなものだから、外の事で済まそうとして、ふふふ。

「お客さん、今度は何か云われましたな」

「そうなんだよ。つまり」

「何がです」

「つまり、僕自身なのさ」

「え」

「そうだろう。しかし矢っ張り」

自分がこわいと云うのがこわいのは止むを得ない。あの時だって、今だって。

「お客さん、一寸《ちょっと》一寸《ちょっと》」おやじが明かり先に顔を出した。「一寸、うしろを振り返って御覧なさい」

「え、何」

「一寸うしろを見て御覧なさい」

「いやだよ、うしろを向くのは」

「ああ、もう消えてしもうた」

おやじが又こっちへ出て来た。なぜ起《た》ったり坐ったり、そわそわするのだろう。

「お客さん、ここは向うが墓地でしょう。向うの空はいつでも真暗で、明かりがありませんからね。それで時時見ていると、その暗い中で光り物が光るんですよ」

「光り物って、何です」

「何だか知りませんけれどね、ここへ引っ越して来てからまだ間《ま》がないのですが、それでも大分馴れました」

「馴れるって」

「それがお客さん、ちょいちょいなんですよ。今晩あたり、又光るんじゃないかと云う、そんな気のする晩にはきっと光りますね」

「何だろう」

「それがね、人魂《ひとだま》だろうなぞと、旧弊《きゅうへい》な事は云いませんけれどね、兎《と》に角《かく》あんまり気持のいいものじゃありませんな」

「人魂《ひとだま》が旧弊《きゅうへい》だと云う事もないだろうけれど」

「そうでしょうか」

「だって、有る物は仕方がないじゃないか」

「本当にありますか」

「おかしいねえ、あんたの云う事は。しょっちゅうここから見えると云ったじゃないか」

「それはね、お客さん、それはそうだけれど、人魂だか何だか」

「何だか光るのだろう」

「そうですよ」

「そうだったら、名前は何でも、人魂と云うのがいけなかったら、鬼火としても、そんな物が見えるなら、仕様がないじゃないか」

「どうもいやだな。お客さんお急ぎですか」

「いや、別に急ぐと云う事もないが」

「どっちへお帰りです」

亭主がまじまじと人の顔を見た。

「どっちって、今よばれたとこから出て来たところだ。どうせもうこの時間じゃ市電はないし、おんなじ事だ」

「宜しかったら、もう少しゆっくりなさいませんか。おやまだラムネが残っていますね」

「ラムネはもう沢山だ。おじさんは一人なのかね」

「何、今夜は一寸《ちよつと》。遅いでしょう」

「それで遅くまで店を開けているのかね」

「寝られやしませんからね、こんな晩は」

「なぜ」

「お客さん、焼酎をお飲みになりますか」

「焼酎があるの」

「氷ばかりでは駄目ですからな。よく売れますよ」

おやじの起って行った前に二斗入りらしい甕《かめ》がある。呑口《のみぐち》からコップに二杯注いで持って来た。

一つを私の前に置き、一つにおやじが口をつけた。

「このちゅうは行けるでしょう」

見ている前で半分程飲んでしまった。

「ところで、お客さん、さっきの話ですが、本当にあるもんでしょうか」

「光り物かね。それはある。現にあんたは見ているんだろう」

「そうですかねえ、いやな事だなあ」

「どんな色に見える」

「土台《どだい》は青い色なんだろうと思われますけれど、暗い所をすうと行ったのを見て、後で考えると、いくらか赤味がかった様で」

「それだよ」

「何が」

「人魂だよ」

「お客さん、あんたはどっちから来られました」

「ついこの先からだよ」

「ついこの先って」

「まあいいさ」

おやじは頻《しき》りにコップに口をつけた。青い顔になっている。私も大分飲んだ。さっきの酔いを迎える様で、廻って来るのが解る。桶屋の惣が死んだ時、家へ手伝いに来ていた惣の娘が、暗くなってから裏庭の屛《へい》の向うを光り物が飛んだと云って悲鳴をあげた事がある。私もその仕舞頃、丁度消えかかった所を見た。

「だから、それはあるもんだよ」

「え」

「何だかあんたは、馬鹿にこわそうじゃないか」

「そう見えますか。わっしは全く今夜はどうしようかと、さっきから」

「どうかしたのですか。顔が青いよ」

「そうですか。この所為《せい》でしょう」と云って又一口飲んだ。

おやじがじっと耳をすましている。遠くの方で犬が吠えた。

「あの犬は、どんな犬だか知りませんけれどね、わっしは知ってるのです」

「あれは随分遠くだろう」

「どこで鳴いて居りますかね。それが一度鳴き止んで、今度又鳴き出した時は、飛んでもない別の方角に移ってるんです。あんなに遠くの所から、矢っ張り遠くの別の所へ、そう早く走って行けるわけがないと思うのですけれど」

「外の犬だろう」

「いいえ、それは解ってるのです。おんなじ犬ですとも。わっしは吠え出す前から知ってるのですから」

「吠え出す前だって」

「そうですよ。鳴く晩と、だまってる晩とあって、それが解ってるのです。鳴きそうだなと思うと、遠くの気配が伝わって来るから」

「それで」

「その気配と云うものが、そりゃいやな気持ですよ」

「僕もそんな気がして来た。いやだな」

「きっと、ちいさな犬だろうと思うのです」

小さな犬だと云ったら、不意にぞっとして来た。

おやじは黙って人の顔を見ている。店の外が急にしんとして来た。今までだって、どんな音がしていたと云うわけではないが、辺りが底の方へ落ちて行く様な気がし出した。黙っていると、風の吹いているのが解る。音はしないけれど、風の筋が擦れ合っている。遠方で犬の遠吠えが聞こえた。

「そら」

おやじの云った通り、丸で違った方角に聞こえる。

「おんなじ犬か知ら」

うしろで女の声がして、いきなり開けひろげた店先へ、影の薄いおかみさん風の女が這《は》入《い》って来た。

「ああよかった。もうお休みか知らと思ったわ」

「入らっしゃい」とおやじが気のない声で云った。

起《た》ち上がって、

「いつもの通りでいいのですね」と云いながら、女の手からサイダア罎とお金を請け取った。

焼酎甕《しょうちゅうがめ》の前へ行って、呑口から罎に詰めている間、土間に突っ起った女が、ちらちらと横目で私の方を見た。顔色の悪い、しなびた女だけれど、まだ年を取ってはいない。

明かりの工合で、中身の這入った罎の胴が青光りがした。

犬がまだ鳴いている。

女はそれを請け取って、黙って帰って行った。

「こんなに遅く焼酎なんか買いに来て、亭主が呑み助なのかな」

「いいや、亭主は少し前に死んだのです」

「それじゃ、あのおかみさんが飲むのか」

「そうじゃないでしょう」

「外に舅《しゅうと》でもいるのかね」

「いや、あのおかみさん一人っきりです」

「変だねえ」

「変ですよ。男の出入もなさそうだし、わっしゃ考えて見るのもいやなんです」

昔、家《うち》の隣りに煎餅屋《せんべいや》があって、水飴も売っていた。夜遅く、みんなが寝た後で、ことこと表の戸を叩いて何か買いに来るものがある。買いに来るのかどうだか解らないわけだが、間もなく又表を締める音がするから、そうだろうと思った。それが幾晩も続いて、大概同じ様な時刻に同じ音がするから気になった。私だけでなく家の者も変に思い出した様で、しかし聞くのも悪いと思って黙っていたと云う様な事がある。

煎餅屋の向う隣りは空地で、空地について曲がる暗い路地があって、その先に路地の延びた道を挟んで狭い水田がある。水田の向うは団子の様な小さな丘で、墓山だから石塔《せきとう》が金平糖《こんぺいとう》のつのつの様に立っている。そこから、だれかが隣りへ飴を買いに来るのではないか。

墓場を通りかかると、どこかで赤子の泣く声がしたから、耳を澄ましたら地の底から聞こえて来た。人を呼んで掘り出して見ると、棺桶の中で赤子が生まれていた。身持ちの女が死んで、埋められてから子供が出たのだろうと云う。しかし母親は死んでいて乳も出ないのに、赤子がどうして生きていたのだろう。だから母親が夜になると飴を買いに来る。

「お客さん、何か考えて居られますか」

「そりゃ変だよ。さっきのおかみさんは、自分が生きていて、死んだ者に焼酎を飲ませるんだ」

「何ですか、お客さん」

亭主が又人の顔を見据えた。初めの時の見当で遠吠えが聞こえる。亭主はその声を聞いている様で、しかし私の顔から目を離さない。

「もう一杯飲みましょう」

「僕はもういい」

私は手を振ってことわった。ろくでもない事が頻《しき》りに頭の中を掠める。焼酎はもううまくない。

亭主は起って焼酎甕《しょうちゅうがめ》の所へ行ったが、何かごそごそやっていて戻って来ない。こんな所に、わけも解らず長居《ながい》をしたが、もう帰ろうかと思う。

亭主がさっきよりも、もっと青い顔をして戻って来た。

「お客さんはどっちから来られました」

「どっちって、あっちだよ」

「本当の事を云って下さい」

段段にこわくなって、じっとしていられない気がし出した。

「実はね、家内が死にましたので」

「え。ああそうなのか」

「それで、こうして居ります」

「いつの事です」

「ついこないだ、それが急だったので、いろんなものが家の中に残って居るものですから」

「何が残っているんですって」

「それは、そんな事が云えるものじゃありません。さっきもわっしが茶の間へ上がって行ったら家内が坐って居りまして」

亭主が新しく持って来たコップの焼酎に嚙みつく様な口をした。

「しかし、そんな事もあるだろうとは思っていますから、こっちもじっとしていたのです。それはいいが、その内に家内が膝をついて、起《た》ちそうにしたので、もうそうしていられなくなったので」

「それで」

「土間へころがり落ちる様にして、店へ出て来たら、その前の道の向うの方から人が来るらしいので、今頃の時間に変だなと思っていると、お客さんがすっと這入《はい》って来られたのです」

「それで、茶の間の方はどうなったのです」

「それっきりです」

「大丈夫かね」

「もういるものですか。そりゃ、わっしだって気の所為《せい》だぐらいの事は解っていますけれど、向かい合った挙げ句に、起ち上がる気勢を見せられては、そうしていられませんので」

「さあ、もう行かなくちゃ」

「どこへです」

「帰るんだ。いくらです」

「お客さん、本当にどこへ帰るのです」

「家《うち》へ帰るのさ」

「家《うち》と云われるのは、どこです」

亭主がにじり寄る様な、しかし逃げ腰に構えた様な曖昧《あいまい》な様子で顔を前に出した。

「本当を云うと、お客さんは、この前の道を来られましたな。この道の先の方に家《うち》は有りやしません」

「さあ、もう帰るよ」

「墓地から来たんでしょうが」

頭から水をかぶった様な気がした。

「そうだよ」

「そうら、矢っ張りそうだ」

「そうだよ」

「お代なんか、いりません。早く行って下さい」

紙入れを出そうとしたら、向うから乗り出す様にして、その手をぴしゃりと叩いた。

「どうするんだ」

「いらないと云うのに」

自分の顔が引き攣《つ》って縮まって、半分程になった気がした。

それでは、墓地へ帰ろうか、と云う様な気持になって見る。

明かりの陰になっている上《あが》り框《かまち》のうしろの障子がすうと開いた。

何か声がした様だが、聞き取れない。亭主が振り向いて、もう一度こっちへ振り返った顔を見たら、夢中で外へ飛び出した。

息切れがして苦しくなった。気がついたら、来る時の四ツ辻を通り越して、その先の墓地の道を歩いている。


（「小説新潮」昭和二十五年十二月号）

映像

午後から吹き荒れていた風が、夜の十時頃になって、急にやんだ。何処《どこ》か遠くの方で、犬が人の泣く様な声をして吠《ほ》えている。その外には、何の物音も聞こえない。私は、肱《ひじ》をついている机も、坐っている座蒲団《ざぶとん》も、座敷も家も一緒に、大きな穴の底へ、静かに少しずつ辷《すべ》り落ちて行くような気持がし出した。

私は十二時頃に寝た。それまでは、何もしないで、ただぼんやりと机の前に坐っていた。読みかけたまま机の上にひらいてある本の、字と字との間や、行と行との間の白い所が、彼方此方つながりながら、段段に浮かみ出して来て、白蜥蜴《しろとかげ》の鱗《うろこ》の形に見えたり、又その白い所がふっと引込むと、 の字が、龍《たつ》の落し子の様な格好《かっこう》の虫になって、勝手に紙の上を泳ぎ廻ったりした。

寝床に這入《はい》ったら、じきに寝た。なんにも夢を見なかった。段段に夜がふけて、夜明けが近くなったらしい。また風が起こって、雨戸のごとごとと鳴る音が聞こえたと思った。

そうして目をあけて、ふと足許《あしもと》になっている縁側の障子を見たら、切り込みの硝子《ガラス》に、ぼんやりした人の顔が映っていた。私は枕《まくら》をあげて、その顔を見返した。その顔が次第にはっきりして来て、頭の髪や、眉《まゆ》や目の形がわかる様になった。眼鏡をかけていた。薄髭《うすひげ》を生やしていた。――私はぞっとして、水を浴びた様な気がした。それは私の顔だった。私の顔が外から、私を覗《のぞ》いていた。何の事だかわからない。けれども私は無闇《むやみ》に恐ろしかった。息のつまる様な思いをして、蒲団の中にちぢまっている内に、何時《いつ》の間にかまた寝てしまった。

そうして、夜が明けた。私は寝床の中で頻《しき》りに煙草を吹かしながら、昨夜見た私の顔の事を考えた。本当に見たのだか、矢っ張り夢なのか、はっきり解らなかった。ただ何とも云えない厭《いや》な気持が、一日じゅう忘れられなかった。

それから五、六日経った。朝から雨が降っていた。秋から冬に移る季節で、天気の好《い》い日には日中でも、何となく底冷えのする風が何処からともなく吹いた。それが急に温かくなったと思ったら、雨が降り出した。

私は外套《がいとう》の裾《すそ》を濡《ぬ》らして、いつもの時刻に帰って来た。顔にあたる風が生温かった。真《ま》直《すぐ》い道の家並《やなみ》の上に、糊《のり》を溶かした様な空が重苦しく蓋《ふた》をしていた。雨が往来に流れて、道は明かるく光っていた。日暮れにはまだ少し間があった。けれども、ところどころに早い灯をともしている店屋もあった。私は道の曲がり角《かど》の電機屋の前に立って、奇麗に灯のともっている飾窓を眺めていた。色色の形をした電気の球に皆灯がともっていた。それから、赤いのも青いのも、薄い黄味を帯びた卵色のもあった。それ等がみんな、窓の後と右左とに張った鏡に映り合って、窓の奥の遠くの方まで、何処までも何処までも灯がつづいていた。私は傘《かさ》を肩にのせて、明かるい窓の奥をいつまでも、ぼんやりと眺めていた。

暫《しば》らくして、私は何の気もなく後を向いた。すると丁度その時、私の後を荷馬車が通っていた。馬が顔をぬらして通った。それから私は車の上の妙な荷物を見た。形のわからないむくむくしたものの上に、蓆《むしろ》が幾枚もかけてあった。そうして、その下から馬の脚《あし》が覗《のぞ》いていた。前の片車を挟《はさ》んで、その前後に二本ずつ食《は》み出していた。その出たところが雨にぬれていた。私は吃驚《びっくり》してその前を離れた。そうして急ぎ足に帰って来た。馬が死んだ馬を牽《ひ》いて行くのだと思ったら、厭《いや》な気持がした。

家に帰ってから暫らくすると、風が出た。日暮れからまた寒くなって、雨が止《や》んだ。雨が止んでからも、風は吹き荒れていた。そうして何時《いつ》の間にか吹き止んだ。気がついて見ると、あたりはしんとしていた。何の物音も聞こえなかった。何故《なぜ》こんなに静かなのか解らなかった。近所のどの家の門も開かなかった。何処にも子供の泣き声が聞こえなかった。

犬も吠えなかった。時計を見たら丁度十時だった。家の者はもう寝ていた。私は独《ひと》りで寝床をとって、寝た。その夜、私はまた私の顔を見た。

その晩は寝苦しくて、寝つくとじきに、夢を見ていた。得体の知れない夢が断続しているうちに、私は不意に暗い廊下の入口に立っていた。そうして背の低い汚い婆さんが私の側に蹲踞《かが》んでいた。私はその婆さんに見覚えはなかった。私は廊下を奥の方へ這入《はい》って行った。それから右の方へ曲がる時、そばやの出前持に会ったから、身をかわしてその男を通した。そうして、歩いて行ったら、狭い座敷に這入った。その座敷は北向きであった。そうして、北へ縦長の部屋であった。私は縁端で手を洗った。湯かと思えば水だし、石鹸《せっけん》はずるずると濡れていて、手拭《てぬぐい》も汚かった。馬鹿に暗い部屋だと思ったら、軒に暖簾《のれん》の様なものが掛かっていた。それがみんな芭蕉《ばしょう》の葉だった。庭が広くて、樹が茂っていた。右手の方に一個所だけ、白《し》ら白《じ》らと樹のない所があって、そこに又芭蕉の葉が、着物の格好になってぶら下がっていた。人が首を縊《くく》っている様でいやだと思った。芭蕉の葉の縁に、雀《すずめ》が四、五羽止まっていた。雀は寝ているのかも知れない、些《ちっ》とも動かなかった。そこへ雀よりも大きい、五寸位もある青い、蝗《いなご》に似た虫が飛んで来た。そうして雀の上にとまった。あの虫を雀が食ったら気味がわるかろうと思った。すると、いきなり雀が、ぱくりと嘴《くちばし》をあけて、その青い虫の胴体に嚙《か》みついた。虫は逃げもしないで、ぶくぶく膨《ふく》れた気味の悪い胴体を雀に食わえられたまま、悶《もだ》えている。私は苦しくて堪《たま》らなくなった。虫がうねくねと悶える度《たび》に、私のからだも、のた打ち廻る様に苦しくなって来た。私は声をあげて唸《うな》った。それでも目がさめなかった。虫は何時までも、うねくり廻っていた。雀は胴体に嚙みついたまま、その嘴を離さなかった。

そのうちに、何時となく虫のぐるりが、ぼんやりして来て、その夢が薄らいで行った。私はほっとして、溜息《ためいき》をついたと思った。それから、枕の上に頭を少し動かして、何の気なく向うを見たら、そこに縁側の障子がたっていた。そうしてその硝子に、青ざめた私の顔が映っていた。おやと思って、目を外《そ》らそうとしたけれども、私の目は動かなかった。青ざめた自分の顔に見入られたまま、何時までも自分の顔と睨《にら》み合っていなければならなかった。障子から覗いた私の顔が、少しずつ動く様に思われた。もしその自分の顔が、障子の内側に這入って来たら、寝床の方に近づいて来たら、どうしようと思った。私は呼吸《いき》のつまる様な思いをしながら、恐ろしい自分の顔をじっと見つめていた。

夜が明けて見たら、昨夜一旦止んだ雨が、いつの間にか、また降りつづけていた。私は目がさめると、すぐに昨夜の恐ろしい顔を思い出した。そうして、その顔の覗き込んだ障子の硝子を見た。何とも云われない厭な気持がした。硝子の向うに隣りの屋根が見えた。

油の様な雨がするすると流れて、瓦が一枚一枚白く光っていた。私は何時までも、その瓦を眺めていた。そのうちに、ふと昨夜の青い虫の事を思い出した。思い出すと同時に、その虫は、昨日昼見た死んだ馬と同じものだと思った。思い返して見ても、矢っ張りそんな気がした。不思議な気持でぼんやりしていた。暫らく経ってから、不意に私は気がついた。昨夜の顔は、昼間電機屋の飾窓に映った私の顔だった。そうだと私は思った。その時は気のつかなかった自分の顔が、夜中になって、私を覗きに来たのだと思った。そうして益《ますます》恐ろしくなった。

私は、当分の間、なるべく鏡を見ない様にしようと思った。そう思いながら、そんな事を考えるのが厭だった。

その日の午後、日暮れにはまだ少し間のある頃、私はいつもの通りに帰って来た。矢っ張り雨が降っていた。そうして電機屋の前を通った。飾窓には、昨日の通り灯がともっていた。その角を曲がって、私は坂を上った。ぬかるみの坂に、馬の足跡がいくつも散らかっていた。そうして、その凹《くぼ》みにみんな水が溜まっていた。下から見上げると、その穴がどれもこれも薄白く光っていた。私がその上を通ると、水の影が暗くなった。その穴の底に、私の顔が逆に映っているのだろうと思いながら、私は恐ろしいものを踏むような気持で、長い坂を上って来た。

晩に私は酒をのんだ。今夜は酔って寝たいと思って、味のある丈《だけ》飲んだ。酔が廻るに従って、段段に私の頭の中が面白くなって来た。独りで、心の中で、饒舌《しゃべ》りつづけている様な気持になって来た。私は酒を注《つ》いだまま盃を前に置いて、煙草を吹かしていた。明かるい電気が、膳の真上に輝いていた。私は一しきり煙草を吸った後、また盃を手に取ろうと思って、ふと盃の中を見ると、盃の底に上の電気が逆さまになって、美しく映っていた。それを見て、私ははっとする様な気がした。そうしてすぐに思い返した。何が恐ろしいのだか自分で解らなかった。考えて見れば、なんにも驚く事はなかった。ただ上にある電気が、も一つ下に見えると云う丈の事だった。けれども、それ丈のことが、私には面白くなかった。

そうして、その夜、夜明けの近い頃に、また私の顔が障子の硝子に映った。非常に蒼ざめていた。そうして鬚がのびていた。じっと私を見詰めたまま、何時までたっても消えなかった。私はその恐ろしい自分の顔を見返しているうちに、もしこの顔が何か一言でも口を利いたら、どうしようと思った。じっと見ているると、その顔が少しずつ動く様に思われ出した。私は一生懸命にその顔を見入っていた。そのうちに、気がついて見ると、右の眉の上に、指でついた程の青黒い痣《あざ》があった。その形までありありと見えた。

その顔が、何時の間にか消えてしまうまで、私は身動きも出来なかった。

夜が明けた。雨は止んでいた。明かるい太陽が、濡れた屋根や樫《かし》の若葉に輝いていた。けれども私は寝床を出る元気もなかった。毎晩あんな恐ろしいものを見ては堪らないと思った。これから先、また幾晩も続く様だったら、私はどうなるか解らないと思った。それからふと、暫《しば》らくの間、何処かへ旅行して来ようかと思いついた。そうして色色と旅行先の事を、山や海岸の宿屋を心のうちに描いて見た。時候から云っても、海岸の方がよさそうだった。私は、勾欄《こうらん》に凭《もた》れて、小春の海を見渡す宿屋の二階を目《ま》のあたりに想像していた。そうして、夕日が海の向うに突き出た岬の陰に隠れるだろう。そうして夜になって、浪の音を聞きながら、私は寝るんだ。もう今の時候なら千鳥が啼《な》くかも知れない。——急に私の空想が恐ろしいものに突き当たった。もしその宿屋の二階で寝て、夜中に目がさめた時、私はそう思って、身ぶるいをした。あの恐ろしい私の顔が、何十里も行った先までついて来たらどうだろう。知らない家の縁側から、勝手を知った様に近づいて来て、障子の硝子を覗いたらどうしよう。私のうちで覗かれるより、どの位恐ろしいか知れない。私はそう思った。そうして旅行の事を即座に断念した。

それから私はやっと起きた。机の前に坐って、ぼんやり煙草を吸っている間も、昨夜の顔が頻りに目の前にちらついた。私は気がついて、顎の下を撫《な》でて見た。こわこわした鬚が、指で摘《つ》まれる程生え延びていた。私は昨夜の顔の事を思い合わせて、変な気持がした。それから、私は何度も躊躇《ちゆうちよ》した後、とうとう机の抽斗《ひきだし》から、小いさな手鏡を取り出した。そうして、私の顔をうつして見た。私はあわてて、鏡をまた抽斗の底に伏せてしまった。私の顔には、何時の間にか青黒い痣《あざ》が浮いていた。昨夜見た顔の通りだった。右の眉の上に、指で捺《お》した様な形の痣が、私の知らないうちに出来ていた。

それから二、三日経った。毎晩寝床に這入る時、私は今夜もまた、蒼ざめた自分の顔を見るのではないかと恐れた。けれども、その二、三日の間は一度も、その恐ろしい顔は覗きに来なかった。私は鬚も髪ものびてうるさいから、床屋に行きたいと思っても、壁一面に張ってある鏡が気になって、ついのびのびになってしまった。湯屋へはもとからの無精で滅多に行かなかった。けれども、それが余り長くなるので、顔もからだも垢《あか》だらけになっている様な気がした。つまらない事に拘泥《こうでい》して、自分から恐ろしい幻をつくっているのだと思うこともあった。けれども矢っ張り、朝夕の行き帰りに、たまたま大きな電車に乗り合わして、窓と窓との間に細く嵌《は》め込んだ鏡の前に坐る様な事があると、あわてて私はその席を変えた。

ある日の夕暮れに、私は友達と町を散歩した。並樹《なみき》の柳が頻りに散った。細長い葉が風に乗って、ひらひらと揉《も》むように落ちて行った。私はその葉を杖の尖《さき》に受けて見たり、又はもう一度空に跳ね上げて見たりしながら歩いた。何となく私は気分が軽かった。その辺に新らしく出来たレストランがあった。私も友達もまだ一度も行った事がないから、今晩はそこで食事をして見ようと相談した。そうして一緒に並んで行った。地下室の階段を二足三足下りて行くと、もう温かい空気が顔や手に触れた。私達はボイに案内せられて、食堂に這入って行った。私が先にたっていた。私は一足食堂に這入った。明かるい電灯が美しい広間を照らしていた。壁は白い化粧煉瓦《れんが》で張りつめてあった。そうして、その白い壁の、丁度人が腰を掛けた時の頭の高さ位の所に、一尺ばかりの幅の鏡が、長い帯の様に嵌《は》め込んであった。私はいきなり後に引返した。驚いている友達を無理に引張って外に出た。そうして私はほっとした。けれども、すぐ後から、自分のした事が悔いられた。した事よりも、そんなになった心が恐ろしかった。友達には、夜中に現われる恐ろしい顔の事は一言も云わなかった。ただあの部屋が急に厭な気持がしたのだからと託《あやま》った。そうして色色の事をつけ足して胡魔化《ごまか》した。

その日は、矢張り午《ひる》過ぎから風が吹いていた。そうして夜寝る前になって、急に止んでしまった。私はこの間うちの連想から、厭な気持で寝床に這入った。

私は夜通し夢を見ていた。いくつもの夢がお互に前と後とつながり合って、絶え間なしに続いた。そうしてその長い夢が急に、ふつりと切れたと思ったら、また蒼ざめた私の顔が障子の硝子に映っていた。

その顔の様子が、いつもと少し違っていた。何だか落ちつかないらしく思われた。じっと見返しているうちに、顔の向きが少し変った。おやと思って、私は呼吸の止まる様な気がした。それと同時に、硝子に映った顔は、ふっと消えてしまった。非常に短かい間だった。けれども私は却《かえっ》て心配になって来た。何時までも映って消えない時よりも、なお恐ろしかった。私は顔の消えた後の硝子から、長い間目を離すことが出来なかった。

その次の日の夜明け前にも、私はまた続けて自分の顔を見た。昨夜の消える前の向きに映って、矢っ張り何となく落ちつかない様子だった。私はまた動きはしないかと思って、そこに覗き込んでいる自分の顔を一生懸命に見詰めていた。すると、急にその顔が下を向いた。私が、ひやりとした途端に、その顔はもう消えていた。消えたのでなくて、障子の陰に蹲踞《かが》んだのではないかと思ったら、非常に恐ろしくなった。障子を開けて見たい様な気もした。けれども、迚《とて》もそんな事は出来なかった。私は障子の向う側に気を配りながら、また何時までも、私の顔の消え去った硝子をじっと見入っていた。

その翌《あ》くる日は、朝から空風《からかぜ》が吹きあれた。午過ぎからは大風の様になった。日が暮れても止まなかった。電灯が幾度も消えたり、又点《とも》ったりした。私は家のまわりに風の音を聞きながら、二晩つづいて覗いた私の顔のことを思った。事によると、つまりは私の部屋の中に這入って来るのではないかと思ったら、恐ろしくて、じっとしていられない様な気がした。矢っ張り今のうちに旅行しようかと思った。けれども、もしあの恐ろしい顔が、知らない土地の旅先までついて来た時の事を思うと、又行く気もなくなった。

寝る前になって、また風がぱたりと止んだ。机の前に坐っていて、ふとそれに気がついた時、私は全身に水をあびた様な気持がした。何の物音も聞こえなかった。家も道も不意に消えてしまったらしく思われた。

その夜中に、蒼ざめた私の顔が、ちらりと障子の硝子にうつった。そうして、すぐに消えてしまった。私は、はっとして身を起こそうとしたけれども、手足が化石した様にこわばって、身動きも出来なかった。恐ろしい私の顔が、この部屋の中に這入って来るのだと私は思った。早く、早く今のうちにどうかしなければならないと思った。けれども、私は枕の上に顔の向きを変える事すら出来なかった。私はただ目を据えて、障子の方をじっと見つめていた。障子が引っ掛かる様に少し開いた。そうしてそれなり止まった。暫らくして、また少し開いた。開いた方の障子の陰から、私の蒼ざめた顔がはっきりと現われて、私の寝床の足許に上がった。そうして、次第に私の顔に近づいて来るらしい。私は声をたてようとしても、咽喉がつかえて、舌も動かなかった。私の蒼ざめた顔が腹の上に乗った。鳩尾《みぞおち》のところを押さえた。仰向《あおむ》けになっている私の顔に近づいた。そうして、とうとう私の顔の上に私の顔が覗いた。まともに私の目を見入った。眼の中の赤い血の条《すじ》まで見えた。何時までもそこに止まって動かなかった。私は身動きも出来ないからだを悶えながら、どうかして逃《のが》れようとした、――上から圧《おさ》えつける様に覗いている私の顔が、今にも、今すぐにも、何か云い出しそうな口許をしている。

（「我等」大正十一年一月号）

サラサーテの盤

一

宵の口は閉め切った雨戸を外から叩く様にがたがた云わしていた風がいつの間にか止《や》んで、気がついて見ると家のまわりに何の物音もしない。しんしんと静まり返った儘《まま》、もっと静かな所へ次第に沈み込んで行く様な気配である。机に肱《ひじ》を突いて何を考えていると云う事もない。纏《まと》まりのない事に頭の中が段段鋭くなって気持が澄んで来る様で、しかし目蓋《ま ぶた》は重たい。坐っている頭の上の屋根の棟の天辺で小さな固い音がした。瓦の上を小石が転がっていると思った。ころころと云う音が次第に速くなって廂《ひさし》に近づいた瞬間、はっとして身ぶるいがした。廂を辷《すべ》って庭の土に落ちたと思ったら、落ちた音を聞くか聞かないかに総身の毛が一本立ちになる様な気がした。気を落ちつけていたが、座のまわりが引き締まる様でじっとしていられないから起《た》って茶の間へ行こうとした。物音を聞いて向うから襖《ふすま》を開けた家内が、あっと云った。

「まっさおな顔をして、どうしたのです」

二

来訪の客は昔の学生である。暫《しば》らく振りだから引き止めて夕方から一献を始めたが、相手が賑やかなたちなので、まだ廻らない内からお膳の辺りが陽気になった。電気も華やかに輝いている。

「もう外は暗くなりましたか」

「どうだかな」

「奥さん、外はもう暮れましたか」

御馳走の後の順を用意している家内が、台所から顔を出して聞き返した。

「何か御用。水の音でちっとも聞こえません」

「いえね、一寸《ちよつと》聞いて見たのです。外は暗いですか」

「ええ、もう真暗よ」

客はにこにこと笑って、又私の杯に酒を注いだ。

「何だ。暗くなったら帰ると云うのかい」

「いやいや。まだまだ。あ、風が吹いている。そうでしょうあの音は」

「そうだよ。暗い所を風が吹いているんだよ」

砂のにおいがして来た。

玄関の硝子戸《ガラスど》をそろそろと開ける音がした様だった。

杯のはずみで気にしなかったが、暫らくたってから微かな人声がした。台所にいた家内が聞きつけて、あわてた様に出て行ったと思うとすぐに引返して、中砂の細君だと云った。客が私の顔を見て杯を措《お》きもじもじする様子なので、「いいんだよ」と云ったが、狭い家なのでそう云った声がその儘玄関へ聞こえたと思った。

「一寸《ちよつと》失敬」と云って起ち上がった。

玄関に出て見ると中砂のおふささんが薄明かりの土間に起《た》っている。中砂が死んでからまだ一月余りしか経っていない。その間に既に二度いつも同じ時刻にやって来た。上がれと云っても上がらない。初めの時はお宅に中砂の本が来ている筈《はず》だと云って、生前に借りた儘になっている字引を持って行った。主人の死後、蔵書を売るのだろうと思った。二度目に来た時も矢っ張り貸してある本を返してくれと云うのであったが、今度のは語学の参考書で、どうしてそんな本の来ている事がわかるのか、第一その本の名前をはっきり覚えているのが不思議であった。中砂は人に貸した本の覚えを作る様な几帳面な男ではなかったし、又私との間ではお互の本があっちへ行ったり、こっちへ来たりしているから遺族にはっきり解る筈もない。亡友の遺品を返すのは当り前だが、おふささんは取り立てる様な事をする。

なぜそんな時間にばかり来るかと云う事も気になったが仕方がない。

「お淋しいでしょう。きみちゃんはどうしています。元気ですか」と尋ねた。中砂の遺児は六つになる女の子で、しかしおふさの子ではない。

「お蔭様で」

「今日は置いて来たのですか」

「いいえ、外に居ります」

玄関の戸の這入《はい》った後が少し開いた儘になっている。その外の暗闇に女の子が起っているらしい。

「中へ入れておやんなさい。寒いでしょう」

「いやなんだそうで御座いますよ」

家内も出て来て、おふさに上がれと云いかけたが、きみ子が外にいると聞いて、下駄を突っ掛けて往来へ出た。

「まあきみちゃん、そんな所に一人で」

しかし子供は中に這入りたがらないらしい。

何の用件かと思ったら、今日は蓄音器のレコードが一枚こちらへ来ている筈だから戴きに来たと云うのであった。そう云えば余程前にヴィクターの十吋《インチ》の黒盤を借りて来た事がある。よく解ったものだと感心しながら、しかし何故こうして何もかも取り立てるのか怪訝《けげん》な気持がする。探し出して渡すと早早に帰って行ったが、静かな往来に小さな女の子の足音が絡みついて遠ざかって行く淋しい音が残った。

明かるい電気のお膳に帰って坐ったけれど、飲みかけた酒の後味が咽喉の奥でにがくなっている。客は興醒めた顔をしてもじもじしながら、

「中砂先生の奥さんですか。悪かったですね」と云って杯を取ろうともしない。

「いいんだよ。ああやって時時来るんだ」

「僕がお邪魔しているので上がらずに帰られたんでしょう」

三

それでも又飲みなおしている内に、お膳の上がいくらか陽気になった。仕舞頃は客も酔って面白そうに帰って行ったが、時間はまだそう遅くないけれど片附けた後の手持無沙汰な気持で早寝しようと思う。外は風がひどくなったらしい。家のまわりががたがた鳴って

いる中に、閉め切った玄関でことことと云う違った音がした。寝巻の儘起《た》って行って見ると低い女の声で何か云っている。聞き返したら中砂の細君である。驚いて私が格子戸を開けた。

「どうしたのです」

「済みません、また伺って」

さっき来た時から大分時間はたっているけれども、まだ中砂の家まで帰り著《つ》いて出なおしたとは思われない。

「どうかしたのですか」

「お休みのところを本当に済みません。気になるものですから」と云ってさっき持って行った黒盤の外に、もう一枚来ている筈だから貰って行きたいと云うのである。そんな事なら何も暗い道を引返して来なくても、明日でいいではないかと云いたいが、先方があらかじめそう云われる事に備えている様なむつっとした様子なので云い出すのをよした。

しかしレコードを探して見たけれど、おふささんの云うのは見当たらない。さっき持って行ったのと同じ様な黒の十吋《インチ》で、サラサーテ自奏のチゴイネルヴァイゼンだと云うのだが、それは私にも覚えがある。吹込みの時の手違いか何かで演奏の中途に話し声が這入《はい》っている。それはサラサーテの声に違いないと思われるので、レコードとしては出来そこないかも知れないが、そう云う意味で却って貴重なものと云われる。探して見当たらないと云っても私の所にそんなに沢山所蔵があるわけではないから、或《あるい》はおふささんの思い違いかも知れない。

玄関に引返してそう云うと、

「そんな筈はないと思うんで御座いますけれど」と籠もった調子で云って、にこりともしない。

また子供を外に起《た》たしているのではないかと思って聞くと、「いいえ」と答えたきりで取り合わない様な風である。

「どこかに置いて来たのですか。あれからまだ家まで帰る時間はなかったでしょう」

「よろしいんで御座いますよ」

そう云えばさっきのレコードをくるんで行った包みも持っていない。

「さっきのお客様はもうお帰りになったので御座いますか」

「ええ帰りましたよ」

何だかこちらを見返している。

「レコードはその内また気をかえて探して見ましょう。今の咄嗟《とっさ》には僕も見当がつかないから」

「左様で御座いますか」

少しもじもじして、何か云いたげな様子でその儘帰って行った。春先の時候の変る時分で玄関の硝子戸《ガラスど》の開けたてに吹き込む風が、さっきよりは温かくなっているのが、はっきり解った。

襖《ふすま》の陰から顔を出さなかった家内が襟を掻き合わせる様な恰好をしている。

「外は暖かくなったらしいよ」と云っても「そうか知ら」と云って頸を縮めた。

四

中砂は学校を出るとすぐに東北の官立学校の教授に任官して行ったが、当時は初秋の九月が新学年だったので、それから秋の一学期を済まし、冬休みには上京して来て暮れからお正月の松が取れるまでの半月許《ばか》りを私の家で過ごした。

毎日家で酒ばかり飲み、或《あるい》は出かけて寒い町をほっつきながらビヤホールを飲み廻ったりした。この次の夏休みには上京しないで向うで待っているから出かけて来いと中砂が云った。

夏になって行って見ると、お寺の様ながらんとした大きな家に間借りしていた。私が著《つ》いた翌くる日の真昼中に、ゆさりゆさりと揺れる緩慢な大きな地震があって、軒の深い縁側に端居していた目の先が食い違った様な気がした。青い顔をしていたと見えて、そんなにこわいのかと中砂が云ったが、地震がこわくて顔色を変えたとは思わない。屛際《へい》の木の葉の所為《せい》だろう。しかし何故《なぜ》だか気分は良くなかった。

当初からの計画で、それから又汽車に乗って太平洋岸に出て見ようと云う事になり、幹線を何時間か行った後、岐線の小さな汽車に乗り換えた。空が遠く、森や丘の起伏の工合が間が抜けた様で、荒涼とした景色が展《ひら》けた。その中を小さな汽車がごとごとと走り続ける内に、どこからともなく夕方の影がかぶさって来た。

いつの間にか線路の左側に沿って、汽車の走って行く先の先まで続いた大きな土手が見え出した。線路と土手の間は遠くなったり狭くなったりしたが、狭くなる時は土手の陰に小さな汽車が這入《はい》って走り、車窓の中の膝の上まで暗くなった。段段に濃くなる夕闇は大きな長い土手が辺りに散らかしている様であった。

汽車が土手から離れて走る時、土手の向うの暮れかけた空に水明かりが射している様であった。水を一ぱいに湛えた大きな川が流れているのであろうと思われた。船は見えないけれど、びっくりする程大きな帆柱の先が薄明かりの中をゆっくり動いて行くのが見えた。

何の用があるわけでもない、ただ遊びに来た旅なのだが、知らない景色の中で日が暮れて行くのは淋しかった。中砂も狭い車室に私と向き合って、つまらなそうな、心細い顔をしていた。

線路が暗い土手と一緒に大きく曲がった様だと思うと、反対の側の窓の遠くの果てに、きらきらと列になって光る小さな燈火《ともしび》が目に入った。土手の側にはまだいくらか明かりが残っているが、燈火の見える辺り一帯は已《すで》に真暗である。小さな汽車が暗闇の中に散らかったその明かりの方へ走っているのが、はっきりわかった。

五

岐線の終点の小さな駅に降りて、中砂と二人、だだっ広い道をぶらぶらと歩いた。道の両側の灯りで足許《あしもと》は暗くはないが、握り拳ぐらいの小石が往来一面にごろごろしていて歩きにくい。線路に沿った土手の向うの川は、この町に這入《はい》っているに違いない。その川縁に出て見ようと思った。まだ暮れたばかりの夏の晩だから人通りは多い。その中の一人をつかまえて、どこか近くに橋があるかと尋ねた。

こちらの云っている事はわかるらしいのだが、向うの返事は初めの二言三言は丸っきり通じなかった。馴染みのない地方で、ふだん聞き馴れない所為《せい》もあるが、しかし随分の僻《へき》遠《えん》まで来たものだと云う気がする。やっと見当だけは解って、その方へ歩いたらすぐに長い橋の袂《たもと》へ出た。

丁度そこに川沿いの大きな料理屋があったから、先《ま》ず一献しようと云うので上がった。障子の外はすぐに川である。一ぱいに湛えた川水が暗い河心から盛り上がって来る様であった。

二三本空ける内に半日の疲れを忘れて好い心持になったが、中砂は一層廻りがいい様であった。兎《と》も角《かく》一人呼んでくれと云っておいた芸妓が来て、矢っ張りそこいらが陽気になった。

這入って来た時からこんな所でと意外に思う程美しかったが、言葉の調子も綺麗で、この辺りの音《おん》ではない様に思われた。取りとめもない話しの中で、中砂がその女の生国を尋ね、君の言葉の音や調子が気になるから是非聞きたいと云うと、一寸《ちよつと》云い淀んで、東京から反対に何百里も先の中砂の郷里の町の名を云った。

「そうだろうと思った。そうなのか」と云った中砂の様子は感慨に堪えぬものの様で、

「君は綺麗な言葉を遣《つか》っているけれど、その中に微かな訛りがある。その訛りは同じ郷里の者でなければ解りっこないのだ。何しろ僕達も用もないのにこんな所までやって来て、実に不思議な因縁だね。ねえ君、そうだろう」と今度は私の方に向いて杯をあげた。

お膳に出た蒲焼の大串は気味が悪い程大きな切れであって、この川でとれるのだそうだが、胴体のまわりを想像すると、生きているのを見たら食べる気がしないだろうと思われた。女は器用な手つきで串を抜いて薦める。中砂は、いつでもそうなのだが、酒が廻るとお膳の上の物には見向きもしない。頻《しき》りに杯を重ねて御機嫌になったが、しかし酔った大《おお》袈裟《げさ》な気持の底に郷愁に似た感傷を起こしている様であった。

私も酔っているので何も彼も解るわけではないが、その内に芸妓は帰り、料理屋の紹介で同じ川べりの宿屋へ行って落ちついた後も、中砂は先に帰って行った女の俤《おもかげ》を払い退ける事が出来ないと云う風であった。座敷の下を暗い川が流れて、岸を嚙む川波の音が枕に通う趣きがあった。同じ蚊帳《かや》の中に寝た中砂は輾転反側《てんてんはんそく》して寝つかれないらしく、夜中に一二度、溜め息だか寝言だか知らないが、大きな声をして私の目をさました。

六

朝になってから、その日の予定と云うものはなかったが、丁度いい遊び相手が出来たではないかと云って、中砂は私を誘い昨夜の芸妓の家へ出かけた。お酒の間に家の名前や道順を教わっておいたと見えて、その時の事は私は知らなかったが、丸で通い馴れた道を行く様に私を案内した。どぶ板の向う側に芸妓の家があって、表で待っている内に、じきに支度《したく》をして出て来た。

三人連れ立ってだらだら坂になった径《みち》を登った。道の両側に藤の花が咲き残っているのが不思議であった。この辺りの時候は遅れてそうなのかとも思い、しかしそんな筈はないと云う気もした。

登り切って小さな丘の頂に出たら、いきなり目の前に見果てもない大きな海が展《ひら》けた。明かるい風が吹いて来て、足許へ光が散らかる様であった。

丘の上は小さな公園であって、茶店もある。そこへ上がって鮨を食い麦酒を飲んだ。向うの大きな海が光っているので、坐った座のまわりが明かるく、一寸《ちょっと》手を挙げてもその影が動く様であった。

中砂は頻《しき》りに麦酒を飲んだが、中途半端な気持でいる様子で、片づかぬ顔色であった。私は海の波打ち際が見たいと思って一人で座を起《た》ち、丘の外《はず》れの崖縁に出て見た。眼下にひらけた砂浜の上を、夢に見た事もない大きな浪がころがっていた。打ち寄せて来た浪が渚に崩れてから、波頭の先が砂の上に消える迄の間が、見ている目を疑う程に長かった。座に残った二人も後から出て来て同じ様に崖縁に並んで起ち、それから丘を下りて私共はその足で停車場に出た。女は駅まで見送ると云うでもなく、自分の家に近い横町の曲がり角で別れの挨拶をして帰って行った。

小さい汽車の中で中砂は時時遠くの方を眺めている様であったが、私も昨日から今日半日の清遊はいい思い出になると思った。

その時のその芸妓が中砂の後妻であり、中砂の死後頻《しき》りに私の所へ物を取りに来るおふささんである。

七

中砂はその時から何年か後に東北の学校を辞して東京に帰り、まだ開けていなかった近郊に家を構えて、遅い結婚をした。細君は中砂の年来の恋女房で、間もなく赤ん坊が出来て、家庭の態を調《ととの》えた。

私もしょっちゅう遊びに行って、又よく晩飯の御馳走になった。細君のお勝手の手間をいたわるつもりだったか、餉台《ちゃぶだい》の上はいつも豚鍋であった。鍋に入れるちぎり蒟蒻《こんにゃく》の切れの大きさが、同じ人の手でちぎられる為にいつのお膳でも同じなのが、細君の心尽しを目に見る様であった。

その頃はやった西班牙風《スペインかぜ》が幸福な中砂の家庭を襲い、細君はまだ乳離れのしない女の子を遺して死んでしまった。高熱が続いたのはほんの幾日かに過ぎない。譫言《うわごと》を云う様になってから、私が来たら戸棚の中にちぎり蒟蒻が入れてあると云ったと云うのを中砂から聞いた。

中砂は何よりも先に赤ん坊の乳母を探さなければならなかった。幸いにじき見つかって子供の心配はなくなったけれど、その後の家の中の折り合いはよくなかった様である。中砂が滅茶苦茶な生活をし出して、狭い家の中に外から連れて来た女を幾晩も泊らせたりした挙げ句に、乳母とも面倒な話になっていたところへ、おふさが出て来たのである。

中砂が私の所へやって来て、君実に不思議な事もあるものだよ。死んだあいつの里にいた女中が、ふさの世話になった家とつながりがあるんだよ。ふさはそこで子供が出来たのだが育たなかったのだね。それからその旦那とも不縁になって、だから丁度お誂え向きなのさ、と云って、その晩は私の家でうまそうに酒を飲んだが、しかしいつもの様にお膳の上がだらだらと長くならない内に切り上げて、さっさと帰って行った。

八

赤ん坊の乳母もおふささんに代り、中砂の乱行もおさまって、更めておふささんと出直したと云う風であった。私もまた度度《たびたび》出かけて一緒に酒を飲む事も多かったが、家の中が必ずしも明かるくはない。中砂が無口のたちであって、用事がなければ一日でも黙っているところへ、おふさも初めの内はいそいそと立ち働いていた様であったが、馴れるに従って段段に陰気になり、用がなければ赤ん坊を抱いて茶の間に引込んだ儘、いつ迄たってもこそりとも云わなかった。しんとした家の中で時時赤ん坊の声がして、しかしあやすのか乳を含ませるのか知らないが、じきにだまってしまう。流石《さすが》に起《た》ち居はしとやかだと思っていたけれど、日がたつにつれて、そう云う所が妙に素っ気ない様にも感じられた。

中砂の家庭に、変に静かな月日が過ぎて、お互に多少の不満はありながらも、結局そうした生活の土台は固まって来た様であった。そうして二人の間で喧嘩をする様になったが、よその家の様にどなったり、投げつけたりするのではなく、中砂が一言二言気に入らぬ事を口に出して、後はだまってしまう。するとおふささんがそれに反応して同じくだまり込み、茶の間に引込んで静まり返るのである。一旦そうなると後が何日でもその儘の情態で続いて果てしがつかない。そんな時にこちらから出かけて行くと、見かけはふだんと大して変りはないが、中砂が苦笑いをする。

「またあれなんだよ。自分の殻に閉じ籠もると云うのだね。決して出て来ないんだ。用事などは普通の通りにするけれど、何と云うのかね、気持は殻の中に残しているんだ」

それで、おいおいと呼べば素直に出て来る。私にもふだんの通りの受け答えをする。中砂が幾日もくさくさした挙げ句の晩の相手に私を引き止めても、おふささんはいやな顔一つしない。何にするかと云う相談をして、せっせとその用意をし、初めの一二杯のお酌もしてくれる。

翌《あ》くる日になってふらりと中砂が来る。その後どうだと聞けば、矢っ張りおんなじさ。まだまだ中中殻から出て来ないだろうと云うのである。

その何年かが過ぎる間、中砂は身体の奥に病をかくしている事に気がつかなかった。表に現われた時は已《すで》に重態で、じきに死んでしまった。

九

所用があって、ふだん余り馴染みのない郊外の駅で降りたが、紙片に書いた道しるべの地図が確かでない様で、尋ねる家が中中見当たらなかった。探しあぐねてだだっ広い道を歩いていると、向うが登り坂になって、登り切った所から先の道は見えないから、その向うの空を流れて行く白い雲がこの道の先に降りて行く様に思われる。屋根の低い両側の家並に風が渡って、どこと云う事なしにがさがさと騒騒しい音がしている。

雲が走っている坂の上から子供を連れた人影が降りて来た。まだ離れているし、後ろ明かりになっているから、はっきりしないけれど、よく似ているなと思ったら、矢っ張りおふさときみ子であった。

こちらの道の勝手がわからないので、うろうろしていたところだから驚いたが、先方はそうでもないらしい。御無沙汰をしています、お変りはないかなどと普通の挨拶をして、少し前にこちらへ引越して来た。まだお知らせしていないが、筆を持つのが大変なので、その内お伺いして申上げようと思っていたと云った。知った人の紹介で小さな家が見つかったから移ったと云う話なので、それは尤《もっと》もな事だと思った。

すぐこの先だから寄って行けと云ったけれど、それはこの次と云う事にして、私の尋ねる先を聞いて見たが、まだ土地に馴染みがないからと云うので、それはわからない。私も今歩いている方に当てがあるわけではないから、引き返して、おふさの行く方へ一緒に歩いた。私との間にいたきみ子は、くるりと擦り抜けておふさの反対の側に寄り添って歩いた。

私の用件の家は後でそこいらでもう一度聞きなおすとして、おふささんの家の道順を教わって置いた。すぐ先の四ツ辻で別かれる時、一寸《ちよつと》立ち停まった間にこんな事を云った。

「中砂は、なくなって見ればもう私の御亭主でないと、この頃それがはっきりしてまいりました。きっと死んだ奥さんのところへ行って居ります。そんな人なんで御座いますよ。私は世間の普通の御夫婦の様に、後に取り残されたのではなくて、中砂は残して来たなどとは思っていませんでしょう。でもこの子が可哀想で御座いますから、きっと私の手で育てます。中砂には渡す事では御座いません」

きっとした目つきで私の顔をまともに見て、それから静かな調子で挨拶をして向うへ行った。

十

いつもの通りの時刻におふささんがやって来て、薄暗い玄関の土間に起《た》った。何だかぞっとする気持であった。

奥様はいらっしゃいますかと云うので、今日は用達しに出て、待っているのだがまだ帰らないと云うと、奥様に伺って見たい事があって来たのだが、と云って口を噤《つぐ》んだ。兎《と》に角《かく》上がれと云っても、いつもの通り土間に生えた様な姿勢できかなかった。今日は一人で来たのか、きみ子はお留守居が出来るのかと尋ねても相手にならない。それでは奥様がお帰りになったら聞いといて下さい。近い内に又伺うからと云って、この頃毎晩、夜中のきまった時刻にきみ子が目をさます。目をさましているのだと思うと、そうでもない様なところもあって、こちらの云う事には受け答えをしない。一心に中砂と話している様に思われる。朝になって考えれば、なくなったお父様の夢を見るのは無理もないと思って可哀想になる。しかし余り毎晩続くので気にしないではいられない。又夢だとも思われない。その時のきみ子のよく聞き取れない言葉の中に、きまってお宅様の事を申します。きっとこちらにきみ子が気にする物がお預けしてあるに違いない。中砂がきみ子にやり度《た》い物なので御座いましょう。それは奥様でなければわからない事で、奥様はきっと御存知だと思うから来た、と云った。

帰って行った後で、茶の間に一人で坐っていて頭の髪が一本立ちになる様であった。

十一

サラサーテの十吋《インチ》盤は私から友人に又貸ししたのを忘れていたのであった。返って来たからおふさに知らせようかと思ったが、日外《いつぞや》の所用の家にもう一度行かなければならなかったので、その序《ついで》に届けてやる事にした。

所用を済ました帰りに、この前教わった道を辿《たど》っておふさの家の前に出た。まわりに庭のある低い小さな家であった。

庭に廻って縁側に腰を掛けた。頻《しき》りに上がれ上がれと云った。板屏の陰に大きな水鉢があって睡蓮が咲いている。

きれいだなと云ったら、中砂が丹精したのだが、死んでから咲きましたと云った。

「引越しの時に持って来たのですか。大変だったでしょう」と云うと暫らくだまっていたが、

「でもねえ、死んだ人の丹精ですから」と云ってまた黙った。

お茶を入れて来てから、落ちついた調子で、「睡蓮って、晩になると光りますのね」と云った。「露が光るのかと思っていましたけれど、そうではありませんわ。花びらが光るんですわ。ぎらぎらした様な色で」

それから思い出した様に、引越しの時、荷厄介になったのは、睡蓮の鉢だけでなく、中砂が飲み残した麦酒があった。たった二本だけれど飲んで行ってくれと云ったかと思うと、起《た》って手際よくそこの座敷に小さな餉台《ちやぶだい》を据え、罎の肌を綺麗に拭いた麦酒を持って来た。

お海苔を焼きましょうかと云った。いいと云ったけれど、もう台所障子の向うで海苔のにおいがし出した。

さっさと飲んで帰ろうと思い、一人で戴きますよと声を掛けて勝手にコップに注いだ。

飲み終って一服していると、永年の酒敵がいなくなってお気の毒様と云う様なくつろいだ愛想を云った。

持って来てやったサラサーテの盤の事を思い出したらしく、私が包んで来た紙をほどいて盤を出した。それから座敷の隅に風呂敷をかぶせてあった中砂の遺愛の蓄音器をあけて、その盤を掛けた。古風な弾き方でチゴイネルヴァイゼンが進んで行った。はっとした気配で、サラサーテの声がいつもの調子より強く、小さな丸い物を続け様に潰している様に何か云い出したと思うと、

「いえ。いえ」とおふさが云った。その解らない言葉を拒む様な風に中腰になった。

「違います」と云い切って目の色を散らし、「きみちゃん、お出で。早く。ああ、幼稚園に行って、いないんですわ」と口走りながら、顔に前掛けをあてて泣き出した。


（「新潮」昭和二十三年十一月号）

梟《きょう》林《りん》記《き》

去年の秋九月十二日の事を覚えている。夜菊島が来て、暫《しば》らく二階で話をした。帰る時私も一緒に外に出て、静かな小路をぶらぶらと歩き廻った。病院の前の広い道に出たら風がふいていた。薄明りの道が道端に枝をひろげている大きな樹のために、急に暗くなったところに坂があった。坂の上に二十日過ぎの形のはっきりしない月が懸かっていた。私は家に帰って、また二階に上がった。部屋に這入《はい》ろうと思いながら、縁の手すりに靠《もた》れて空を見ていた。隣りの屋根の上に、細長い灰色の雲が低く流れて、北から南へ棟を越えていた。さっき坂の上で見た月がその中に隠れていた。雲の幅は狭いのに、月はいつまで経ってもその陰から出て来なかった。雲の形は蛇の様だった。

十一月十日の宵、細君が二階に上がって来て、

「大変です、今、お隣りに人殺しがあって」と云った。「ああ怖い、旦那さんも奥さんも

書生さんも殺されてしまって、台所の上がり口に倒れています」

私はその言葉がすぐには感じられなかった。

「外から見えるんですって」と細君が云った。

辺りはいつもの夜の通りに静まり返っていた。夜風を防ぐ為に早くから閉めて置いた雨戸の内側には、明かるい電気の光りが美しく溢れていた。

私は何故と云うこともなく、細君の恐ろしい言葉をきいた始めから、九月十二日の夜の細長い雲を思い出していた。

隣りは私の家の大家であった。

私は主人に面識がなかったけれども、家の者はみんな知っていた。温厚な敬虔な人らしかった。赭顔《あかがお》の老人なので、私のうちの子供達は「赤いおじさん」と呼んでなついていたそうだけれど、それも私は知らなかった。

奥さんには私も一二度会った事があった。私に遊びに来いと云って、隣りから呼びに来たことがあった。私は行かなかったけれども、その時、裏の上がり口で二言三言話した挨拶が、十一月十日の夜、恐ろしい隣りの変事を聞いた時、すぐに私の記憶に甦って来た。

養父母となる筈だったこの平和な老夫婦を殺害して、その場に自殺した大学生については、私は何も知るところがなかった。去年の春、私の家の子供がファウストの中にある鼠の歌を、家に遊びに来る学生達に教わって、頻《しき》りに歌っていた時分、隣りの二階の縁で、その歌のメロヂーをハモニカで吹く人があった。大学生と云うのは、その人ではなかったかとも思ったけれど、またそうではないらしくも思われた。あくる日新聞に出た写真を見ても、私はその顔に見覚えがなかった。

十一月十日は金曜日で、私が毎週横須賀の学校に行く日であった。午後帰って来て、夕食を終った後、私は二階の部屋に這入ってぼんやり坐っていた。その日は午前中三時間の中の一時間が休みになっていたので、私は一人、海岸につづいている広い校庭に出て見た。空が薄く曇って、寒い風が吹いていた。時時細い雨が降って来る事もあったけれど、またすぐに止んだ。

一面に枯草の倒れている原の中に、私の外《ほか》だれの人影もなかった。不意に、海から引き上げたボートの舳に恐ろしく大きな鳥が止まっているのを見て私は吃驚した。鳶の様な形をしているけれども、大きさは鳶の何倍もあった。私がその鳥に気がつくと同時に、鳥は長い翼をひろげて、静かに空にのぼって行った。その姿を見て、私は恐ろしくなった。翼は一間もあった様に思われた。私の頭の上をゆるく二三度廻った後で、急に速さを増して、海を横切って三浦半島の方へ飛んで行った。

机の前にぼんやり坐っている私の頭の中に、その大きな鳥の姿が浮かんで来た。あれが鷲《わし》だろうと後で私は考えた。

それから私はまた磯の方へ歩いて行った。その時私の踏んで行く枯草の中に、何か動くものがあると思ったら、私のすぐ前から、一時に、何百とも知れない雀と鶸《ひわ》との群が飛び立って、入江を隔てた海兵団の岸に迯《に》げて行った。

私はまたその鷲に逐《お》われて、地面にひそんでいた小鳥の群のことを、ぼんやりと考え続けていた。

海岸に、四五尺許《ばか》りの高さで、一間四方位の座を張った台があった。私はその台の上に上がって、仰向にねて空を見ていた。雨気をふくんだ雲が、ゆるく流れて行った。遠くで水雷艇の吼《ほ》える様な汽笛が聞こえた。時時後の山で石を破る爆音が聞こえた。それに交じって海兵団の方から軍楽隊の奏楽の声が聞こえて来た。長い間私はその台の上にねたまま、じっとしていた。

「あの時己は泣いて居たのではないか知ら」と私は自分の部屋の明かるい電燈の下に坐って考えて見た。けれども、何の為に泣くのだと云う事を考え当てることは出来なかった。

ただ何となく、九月十二日の夜、隣りの棟にかかった細長い雲の中から、何時迄まっても月が出て来なかった時と同じ様な気持がした丈《だけ》であった。

そのうちに、私は少し眠くなって来た。机の前に坐り直して、暫らく転寝《うたたね》をしようと思った。懐手《ふところで》をして目をつぶっていたら、廃艦になった橋立艦が目の前に浮かんで来た。学校の庭続きの海岸に、橋立は何ヶ月以来、茫然と浮かんでいる。煙突はあっても煙が出なかった。甲板の上に人影を見た事もなかった。そうして何時出て見ても、同じ所に同じ方を向いて浮かんでいた。

私は半ば眠りながら橋立の事をぼんやり考えていた。大砲を取り外した後の妙にのっぺりした姿が、段段ぼやけて来る様な気がした。それから少しずつ前後に動く様に思われ出したら、じきに私は寝入ってしまった。

私は目がさめてから、煙草を吸っていた。坐ったまま眠った膝を崩して、胡座《あぐら》をかいていた。どの位眠ったか解らなかった。けれどもまだそんなに夜が更けているらしくもなかった。ただぼんやりして、まだ何も考えていなかった時に、下から細君が上がって来た。そうして恐ろしい隣りの変事を告げた。

私は下に降りて行った。四肢に微かな戦慄を感じた。時間は九時前であった。その少し前に家の者が外へ用事に出て、始めて隣りの騒ぎを知ったのであった。殺害の行われたのは後になって知った時間から推すと、私が横須賀から帰って来て、夕食をした前後らしかった。私が二階の部屋に這入った頃には、もう老夫婦は斬殺せられて座敷や台所に倒れ、加害者の青年は二階に縊死していたらしい。私も亦私の家の者もだれ一人そんな事は何も知らずに夕食をすまして、私は自分の部屋に無意味な空想を弄び、子供や年寄はもうとっくに寝てしまっていた。

私は内山と一緒に外へ出て見た。外は暗くて、寒かった。隣りの家はひっそりしていて、門の潜り戸が半分程開いていた。私はその前に立ち止まりかけた。するといきなり向側の門の陰から巡査が現われて、

「立ち止まってはいけない。行きたまえ行きたまえ」と云った。

私は吃驚したけれども、

「私は隣家のものです。何だかこの家の人が殺されたと云う話をきいて、今出て来たのです。事によれば見舞わなければなりませんが一体どうしたのですか」ときいて見た。

「まあ、それはもう少しすれば解ることだから、兎《と》に角《かく》そこに立っていてはいけない。行きたまえ行きたまえ」と巡査が云った。

その時、半分開いていた潜り戸をこじ開ける様にして、中から別の巡査が出て来た。そ

うして、私に向かって、話しかけた。

「あなたは御隣りの方ですか、この家は全体幾人家内だったのです」と私に尋ねた。ところが私はそんな事を丸っきり知らなかった。

「実は今、この家の者はみんな逃げ出してしまって、だれもいないのです。それでちっとも様子がわからないのですが」

とその巡査がまた云った。巡査の声が耳にたつ程慄えていた。殺されているところを見て来たのだろうと私は思った。私はその巡査の声を聞いている内に、恐ろしさが段段実感になって来るのを感じた。

私は内山と二人で角の車屋に行った。車屋の庭に五六人の男が立ち話をしていた。神さんが私を見ると、いきなり、

「旦那大変で御座いますよ」と云った。

庭に立っている男は新聞記者らしかった。

奥さんは台所に倒れて、辺り一面に血が流れている。主人は全身に傷を負うて座敷に死んでいる。そうして青年は二階の梁に縊死していると云う事がわかった。

「犯人は外から這入って、やったんだ。座敷に泥足の跡が一面に残ってると云うじゃない

か。その学生も同じ犯人に殺されたのさ。殺して置いてわざと縊死した様に見せかけたのさ」と一人の記者らしい男が云った。

「そんな事があるものか。その二階に縊死している書生が犯人だよ。わかり切ってるじゃないか」と他の男が云った。

私は帰る時、神さんに、だれも知らなかったのですかと尋ねて見た。

「ええ旦那さっきだれだかこの前を、ばたばたと駈けて行ったんですよ。するともう、あれなんで御座いますよ」と神さんが云った。

私は家に帰って、頸巻《くびまき》をまいて、一人で裏の通りにあるミルクホールへ行った。途中の酒屋の前にも二三人、人が立っていた。そうして声をひそめて、恐ろしい話をしあっていた。

みんなの話を聞いて、大学生が老夫婦を殺して自殺した事はわかった。愛の為に、踏み止まるべき所を乗り越えて、恐ろしい道を蹈《ふ》んだのだと云うこともほぼ解った。

私はぼんやり牛乳を飲んで帰った。牛乳を持って来てくれた女は、頻《しき》りに著物《きもの》の襟《えり》を掻き合わせながら、「怖い、怖い」と云い続けた。

私が家に帰ってから後、二三人の新聞記者が色色な事を聞きに来た。けれども凡《およ》そ彼等を満足させる様な事は、私は勿論《もちろん》、家の誰も知らなかった。

子供には、学校で友達から聞いて来る以上に委《くわ》しい事は何も知らせてはいけないと云いつけて置いて、私は寝た。蒲団《ふとん》が温まるにつれて、私の心から恐ろしさが薄らいで行った。不意に隣りに落ちかかった恐ろしい運命の影が、ただ一枚の板塀に遮られて、私は次第に宵の出来事を忘れそうになって来た。そうして寝入った。夢もその前の夜の如く穏やかであった。


その翌日はうららかな小春日和であった。子供は何も知らないで、いつもの通りに学校へ走って行った。

「今朝早く葬儀自動車が来て、書生さんの死骸だけ連れて行ったんだそうです」と細君が小さい声で話した。

ひる前、私は二階に上がった。美しい日が庭一面に照り輝いていた。隣りの二階には、雨戸と雨戸との間が細く開けてあった。その隙間から見える内側は暗かった。

ひる過ぎに、日のあたっている茶の間の縁側で、小学校から帰った女の子が、大きな鋏を持って、毛糸の切れ端の様なものを頻りに摘み剪《き》っていた。そうして、ふわふわした、毛むくじゃらの球の様なものを、幾つも拵《こしら》えていた。

「何だい」と私がきいて見た。
「これは殺された人の魂よ」と彼女が云った。そうしてその中の一つを手に取って、ふわりと投げて見せた。

（「女性」大正十二年四月号）

青《せい》炎《えん》抄《しょう》

一　夕月

蝶ネクタイを締めた五十恰好の男が上がって来て、瘦せた膝の上で両手を擦り擦り、いつまでたっても帰らない。

雨がぽたぽたと降り続けて、窓は暗く、間境《まざかい》の障子が少しずつ前うしろに揺れた。その男は頻《しき》りに上目《うわめ》遣いをして、何か云ってはお辞儀をした。

見覚えがある様でもありそれは人違いの様にも思われて、はっきりしない。

「御伺い出来た義理では御座いませんが、あれが是非にと申しますので」

それが私には解らないと、そう云っているのだけれど、相手はきかない。

五十男が荒い縞柄の背広を著《き》ている。声がなめっこくて、女と話している様な気がした。

「実はあれにも色色苦労をかけまして、それがいい目も見せずにこう云う事になりましては、第一こちら様にも合わす顔がないと」

「待って下さい。そのお話しはいくら伺っても私には腑に落ちないのです。お人違いに違いない」

「御尤《ごもっと》もです。それはつまり」話の途中で顔を撫でた。手の甲が白くふくらんでいて、年寄りじみた顔とは似てもつかない。変な風に眼をまたたいて、「入らして戴けば、あれの様子を一目御覧になればお解りになります。慾目にもう長い事はないと思われますので、せめてその前にと思って、こうして伺いました。御手間は取りませんから、是非お繰り合せを願いたいもので」

話している内に段段声の調子が静まって来て、仕舞の方は聞き取れない様な細い声になった。

急に表が森閑として来たと思ったら、今まで耳に馴れていた雨の音がふっと止んで、途端に黄色い様な、少し青味を帯びた夕日の影がぎらぎらと窓の障子に照りつけた。

夜中に寝苦しくなって、寝床から起き出した。窓際の机の前に坐って一服吸っていると、身のまわりがしんしんとして来た。

後《うしろ》で気配がした様に思ったので振り向いたら、台附きの蓄音器の上に脱ぎ掛けた昼間の著物《きもの》が、丁度人の坐っている位の高さに見えたので、私が後《うしろ》にいる様な気がした。

自分が後《うしろ》にいる様な気がする、ともう一度思ったら、身動きが出来なくなった。

そうして本当にその著物が動き出した。

そろそろと坐り直し、前を掻き合わせているのが私にはよく解る。

それは解る筈《はず》であって、そこにいるのは私ではないかと考えかけたら、不意に昼間の著物が起ち上がって、咳払いをした。

帯を締め直して出かけて行くのが、後姿を見ないでも、はっきり感じられる。

雨上りのぎらぎらした天気で、どこかの家からカナリヤの癇走った囀《さえず》りが聞こえる。ところどころ道端の家の切れ目に草が生えていて、細長い葉が鋭く風に揺れた。

場末の停留場から市場の横に出て行くと、急に道が狭くなって、方方に曲り角があった。

いろんな物を手に持った人が擦れ違っている中に、蝶ネクタイの五十男がいて、私の方に合図をするので、迎えに来てくれたのかと思うと、も一つ向うの角からも、その次の横町からも、そう気がついて辺りを見廻したら、あっちにもこっちにも、同じ様な男がいて、狭い往来の人混みにまぎれ込もうとしている。

「まだお解りになりませんか」と乾物屋のおかみさんが店先に起《た》って云った。それから前を通りかかった男に向かって、私の方を指さしながら、

「この方はね、さっきから家《うち》を探していなさるんだけれどね、もうこの前を何度も通りな

さるんだよ。その家が探していなさる人の名前じゃないんだから、それじゃ中中解らないやね」

何か音がしたと思ったら、市場の裏からひどい風が吹いて来て、そこいらにある乾いた物や濡れた物を一緒に吹き飛ばした。

玄関の土間の土がかさかさに乾いて、内側の暗い障子の表が白らけている。奥の方で声がしたらしく、上がれと云ったのであろうと思う。

「でもまあ」と女が溜息と一緒に云った。「きっと入らして下さると思いましたわ」

座敷の隅隅に幾つも得体の知れない包みが重ねてあり、棚からは何だかぶら下がっている。

「随分お変わりになりましたわね」

そうして懐かしそうに、まじまじと私を眺めている。

「今起きますわ、じき支度いたしますから」

病人が起き出したりしていいのか知らと思っている内に、寝床の上に坐り直した。何だか柔らかそうな寝巻を著《き》ていて、布団をまくった中の温りが目に見える様な気がした。

どこかぎしぎしと鳴って、人が梯子段《はしごだん》を降りて来る気配がする。

女は鋭い目つきになって、音のする方をじっと見つめた。段段音が小さくなり、中途で消えてしまった。

「冗談じゃないよ、今頃どうしたと云うんだろう」

それからこっちに向き直り、綺麗な二の腕をむき出して、頭の髪を直している。

「構わないんですよ、馬鹿にしてるわ。もう暗くなりましたのね」

それで気がついて見ると、障子の外がかぶさっている。もう帰らなければならぬと思いかけたら、

「あら、いいでしょう、そのつもりよ」と女が云った様に思われた。

もやもやした気持の中で、そんな筈はないと思われるのに筋道が立って来る様であった。

部屋のまわりが取り止めもなく、わくわくして来たらしい。

又どこかで、ぎしぎしと云う音がしたと思うと、いきなり境の襖《ふすま》が開いて、縞柄の背広を著た男がのぞいた。

「いいのかい」

「水、水」と女が云った様に思われたけれど、後先がはっきりしない内に、男はあわててその場に膝を突き、女が寝床の上に起《た》ちはだかって、何だか口の中でばりばり嚙み砕いている。

隅隅の風呂敷包みの結び目がほどけ、棚の物が動いて辺りが混雑し、容易ならぬ気配が私に迫って来るのを感じた。

夕月が丁度道の真向うに沈みかけている。まだ半輪にもなっていない癖に皎皎《こうこう》と照り渡って、地面に散らばった小石の角が青く光っている。

町裏の通に同じ様な形の家が建ち列んで、目の届く限りの屋根に烈《はげ》しい夕月の光が照り返った。その所為《せい》で、辺りの家はどれもこれも、皆ぺしゃんこに潰れた様に見え、遠い所のは、屋根がすぐに地べたにかぶさっている様に思われた。どうして人の出這入《ではい》りが出来るかと疑われる様な低い屋根の下から、方方で何か声がした。唸っているのか、鼾《いびき》の声かよく解らないけれど、気がついて見ると、すぐ横手の家からも、これからその前を通る筋向いの家からも、まだその先にも、私の通る道の両側の方方から声がした。

後から人が追っ掛けて来たらしい。男だか女だか解らないが、頻《しき》りに私の名を呼んでいる様に思われた。

表の戸を破れる様に敲《たた》いている音を聞きながら、どうしても目を覚ます事が出来ない。

早く起きなければならぬと、はっきりそう思っているのに、ほんのもう少しのところでどうしても目がさめない。油汗をかき、手足を石の様にこわ張らして、早く早くとあせっている内に、もう表の戸をこわして這入って来た。

そうだろうと思っていた通り、矢っ張り蝶ネクタイを締めて、そこに坐り込んだ。

「早くして貰わなければ間に合わぬ。君のところに写真がある筈だ」

何の写真だろうと考える暇もなく、

「あれの写真ですよ、病気になる前に写したのがありましたね」と云って、青くなってふるえている。

そんな物を私は惜しいとは思わないが、しかし何処にしまってあるか思い出せないから、一生懸命に考えていると、

「それはそうです、僕の所に来てから病気になったには違いないが、何ッ」と云いかけて、起ち上がりそうにした。

「うん、そりゃ解っている。そんな事を云いに来たんじゃない。しかしもう駄目なんです。可哀想な事をしました。だから、今写真がいるんだ。解らんかね」

急に起ち上がったと思ったら、そこいらの物を引っ繰り返し出した。

待ってくれと云おうと思っても、声が咽喉につかえて言葉にならない。相手の起ち居は

見えているけれど、それを見る目も硬張って、自由にあっちこっち眺め廻す事は出来ないので、今自分の眼は白眼になって睨みつけていると云う事まで考えられた。

段段に男があばれ出した。

上ずった声をして、怒鳴る様な調子で、

「今から写したって、そうじゃないんだと云うに、病気になる前と云うのは、どう云う事か解らんか。こうしている内に、ああじれったい、あれが待って居ります。可哀想です。あなたと云う人は、全く正体の解らん人だ」

そうして私の足を踏み、枕を蹴飛ばす様にして、そこいらをあばれ廻った。

家の中の物がみんな、自分の気持通りに重ねたり列《なら》べたりしてあった順序を引っ繰り返されて、もう今更目が覚めても、以前の通りに物事を考える事は出来ないだろうと云う事が気になった。

そう云う事をはっきり考えているつもりなのに、一方ではさっきから起きられそうで、どうしても目の覚めなかった瞼の裏に、どこからともなく潮が満ちて来て、辺り一面をひたひたと浸して行くのがいい気持であった。

朝起きて昨夜脱ぎすてた著物に著換えていると、表の戸を引っ張る音がするので開けて見たら、見覚えのある顔の男が這入って来た。

「朝早くから誠に失礼で御座いますが、実は夜の明けるのを待って居りました次第で」

それから上り口に腰を掛けて、話し出した。

「あれの口から、以前こちら様にお世話になっていたと云う事を存じて居りましたが、何分私共の始まりの行きさつからして人様にお話し出来る様な事では御座いませんので、しかし折折お噂は致して居りましたが、あれも長い煩いで到頭」

そう云ったのかと思って、急に気持がはっきりしかけたが、

「はい、お医者も左様申されますので、昨晩中どうなる事かと思いましたけれど、どうやら持ちこたえましたが、今日一日は到底六ずかしかろうかと」

両耳の後から腰の辺りへ掛けて、上っ面の皮が引っ釣る様ないやな気持がした。

「一目でもお目にかかって、お別れがしたいと、あれが申しますので、つい私も」

段段声がやさしくなって、その調子にも聞き覚えがある様に思われ出した。

「終点から市場について曲がって戴きますればすぐにお解りになりますが」

私は真青になっているのが、自分で解る様な気がした。

二　桑屋敷

何分昔の事なので、辺りの景色も判然とは思い浮かばない。又その恐ろしい女先生に就いては、自分でその当時に知った事や、人から聞いた事や、後から想像した事などが一緒に縺れて、永年の間に、自分の追憶の中の無気味な固まりとなった儘に、段段ぼやけて曖昧になりかかっているが、ただその女先生の面長な俤《おもかげ》ばかりは、何十年後の今でも夢の中に出て来る事がある。

淋しい士族町の片側に長い土塀が続いて、荒壁の落ちた後から、壁骨《かべしたじ》の木舞竹《こまいだけ》がのぞいている。塀の内側は一面の桑畑で、その片隅に一棟の住いがあった。女先生はその家に気違いの兄さんと二人で暮らしていた。髪を長く伸ばし、頤鬚《あごひげ》を生やし、前をはだけて素足に草履を突っかけ、いつも同じ棒切れを抜き身をさげた様な恰好に握り締めて、毎日町のなかの同じ道筋を、凄い形相ですたすた歩いて、もとの家に帰って行った。その兄さんは、どこでどう云う死に方をしたのか知らないが、いつの間にかいなくなって、その後は広い荒れ果てた塀の中に、女先生がたった一人で暮らした。

町を遠巻きに取り巻いた山山が、日暮れの近くなった空に食い込んで光り出す。日が暮れてから後も、暫《しば》らくの間は、暗い空に山の姿がはっきり浮き出して、その為にまわりの空が一層暗く思われる事もある。

そう云う晩の後には、大水が出た。いつの間にか降り出した雨が、まだそれ程降り込んだとも思われないのに、急に大川の水嵩が増して、枕ぐらいもある大きな黄色い泡が、一番流れの激しいところに筋になって、重なり合う様に流れて来る。見る見る内に岸の石垣が浸されて、今晩あたり、どこかの堤防が切れやしないかなどと人人が話し合い、川縁を走り廻る人影があわただしくなって来る。

学校は川縁にあるので、二階建の教室の下には濁った川波が狂いながら、恐ろしい勢でぶつかって来る。雨が降っていながら、少し明かるくなった西空の光を受けて、ぎらぎらする教場の窓が一つ、不意に開いたと思ったら、女先生の青白い顔が、膨れ上がった水の反射を浴びて、こちらの岸から見ても、細くて嶮《けわ》しい眉の形まで、はっきり解る様であった。

その水が急に引いて、翌日は空の底まで拭き取った様に晴れ渡り、河原の短かい雑草に泥をかぶせたなりで乾きかかった干潟は、烈しい日ざしに蒸されて、泥の表が漆塗りの様に光った。

遊歩の時間に、教場の裏の桐の樹の下で泣いている男の子供を見つけて、女先生が頭を撫でてなだめたら、急にその子供が先生の手の甲に噛みついた。

その後で女先生は、だれもいない教場に一人で這入《はい》って行って、子供の机の間の中途半端な所に突っ起った儘《まま》、長い間しくしく泣いていた。学校の下の干潟に照りつける日ざしが、教室の天井に映って、白光りがした。

夏休みになった後の、からっぽの学校に、女先生はしょっちゅうやって来た。何をしに来るのか知らないが、人っ子一人いない埃だらけの廊下を、男の年寄りがする様に両手を後に廻して、腰の辺りで組み合わして、歩いている。宿直の小使の爺は女先生の顔を見ても、腰をかがめてお辞儀をするだけで擦れ違って、小使部屋に帰って、黙っていた。

学校から廊下続きの幼稚園《ようちえん》の遊戯室は、椅子や腰掛をみんな壁際に積み重ねて片づけた後の板敷が、水溜りの様な鈍い色で光っている。片隅のオルガンには真黒い油単《ゆたん》がかぶせてあるので、変な形の物がしゃがんでいる様に見える。

その陰から浴衣の著流しの背の低い男が出て来て、遊戯室を横切ろうとするところで、廊下伝いに幼稚園の方へ歩いて来た女先生と出会った。

その男が目を外らして、行過ぎようとするのを、女先生は鋭い声で呼び止めた。

「もし」と一言云って、その前に起ちはだかった。

男は黙って会釈をして、その前を歩いて行った。

「何か御用なのですか、もし」と女先生は重ねて云って男の袂《たもと》を押さえようとした。

「午睡《ひるね》に来たんだよ」

そう云ったかと思うと、いきり立って青ざめている女先生の頬っぺたを指の先でちょいと突いた。

そうして、かすれた様な口笛を吹きながら、肩を振って帰って行った。

昔の家老の家に生まれたどら息子で、一人前の歳になっても、一日じゅうぶらぶらと町中をほっつき廻って、女の尻ばかり追っ掛けているその男の顔を、女先生は薄薄知っていたかも知れない。

女先生は人のいない遊戯室の中を一まわり歩いて、それから又いつもの様にお尻のところで両手を組んで、用あり気に学校の廊下の方へ帰って来た。

少し赤味を帯びた昼の稲妻が、頻《しき》りに薄暗い家の中を走る大夕立の中で、女先生は漆が剝げかかっている黒塗りの箪笥《たんす》の前に中腰になり、一つずつ抽斗《ひきだし》を開けて、その中を掻き廻した。

雷の尾が、どしんどしんと云う様な響きになって、古い家の根太《ねだ》に伝わり、戸障子をびりびりと慄わせたが、女先生は丸で聞こえぬ風で、抽斗の中に突っ込んだ自分の手許ばかりに気を配った。古ぼけた鞘の長い刀を取り出し、一たん手に取ったけれど、その儘また抽斗の奥の著物の下に押し込んだ。

ひどい雨になって、家の中の方方に雨漏りがしたが、まだ降り続くと思った中途で、急に止まった様な上がり方で、夕方の空が少し明かるくなった。風が落ちて、広い荒れ庭に動いている物は何もない。女先生は縁側に近く坐り込んだ儘、何処と云う事もなく一心に見つめている。

晩の支度もせず、燈りも点さずに、じっとそうしている内に段段暗くなって、桑の樹の葉末に、かすかな薄明りが残っているばかりとなった頃、不意に縁側に腰を掛けた男があった。

女先生は家老の息子かと思ったが、そうではなくて、丸で知らない大きな男であった。女先生の起ち上がりそうな気配を見ると、その男は縁側を離れて、桑畑の中へ行きかけたが、何かに躓《つまず》いて、暗い地面にのめった。

女先生には、暗い中でその男の足許《あしもと》までもはっきり見えた。躓いたのは大きな石ころであって、その転がった後に深い穴があいた。穴の底から、白い犬ころが五つも六つも飛び出して来て、そこにのめっている男の顔や身体にまぶれついている。

女先生は可笑しくなって、一人で暗い縁側で笑い続けた。


長い暑中休暇の間に、女先生はすっかり痩せて、両側の顴骨がありありと見える様な顔になった。ぱさぱさに乾き切った屋敷の庭をいつまでも飽かず眺め入って、

「秋来ぬと目にはさやかに見えねども」と云う歌を一日に何度も口の中でくちずさんだ。微かな風の渡る音を聞いても、凹んだ眼をきらきらと輝やかして、その風の行く方を追う様な顔をした。

秋の学校が始まると、受持の一年の子供にこう云って聞かせた。

「皆さん、幽霊は居りませんよ。幽霊と云うものはいないのですよ。先生が雨の降る晩遅く外から帰って来ますと、よそのお屋敷の曲り角で、上から傘を押さえたものがあります。はっと思って立ち止まると、傘の上で少し動きました。どうですか。皆さんだったら、びっくりしやしませんか。ところがそれは雨に叩かれて、垂れ下がっていた芭蕉の葉だった

のですよ」

ところが生徒の方では、そのお話よりも、お話をしてくれる先生の方が恐ろしかったので、混合組の女の子の中で泣き出した子があった。女先生は教壇から降りて行って、その子をなだめたが、泣き止まないので、その儘にして教壇に帰って、次の話を始めた。

「それでは、今度はおもしろい、おかしいお話をして上げましょうね。『もる』のお話をいたしましょう。雨の降る晩に虎と狼が出て来て、貧乏人のお家をねらって居りました。貧乏人のお家の中では、あっちでも、こっちでも雨が漏るので困って居りました。おばあさんが溜息をついて『ほんとに、もる程こわい物はない、虎狼《とらおおかみ》より、もるがこわい』と申しますと、丁度その時、表と裏口とから這入《はい》ろうとしていた虎と狼も、びっくりしましたよ。もると云うけだものはそんなに強いのか。それではこんな所にぐずぐずしていては危いと考えて、虎も狼も一目散に逃げてしまいました。皆さん解りましたか。虎狼《とらおおかみ》より『もる』がこわい。ほほほ。『もる』って、どんなけだものでしょうねえ。ほほほ、ほほほ」

さっきの子供はまだ泣き続けているのに、女先生は教壇の上で、一人で止まりがつかない様に笑いこけている。

女先生は毎晩屋敷の土塀の内側を這い廻る光り物を見ていた。初めの内はそれ程大きくなかったが、夜毎に光りを増して大きくなる様に思われた。ふわふわと流れるのでなく、何か固い物をころがす様にそこいらを動き廻って、辺りをきらきらと照らした。東北の方角から国道の筋を伝う様に町に這入って来て、夜更けの町家の戸を一軒一軒敲《たた》く様な響きを立てて、大きな光り物が西の空へ抜けた。起きていた家では、雨戸の隙間から水が迸《ほとばし》る様に流れ入った光りを見たそうである。舟形に固まった町の屋根の上を斜に走って、大川の上を越す時には、夜競《よぜ》りの魚浜に起っていた魚屋や漁師は、川底の魚の姿まであありありと見たと云った。

そう云う噂を聞いて、女先生は自分の屋敷の光り物が気の迷いでなかった事を確かめた。

学校の遠足で全学年が出かけた時、女先生は所労《しょろう》でついて行かなかったが、ひる前になると、いつもの通り袴をつけて、だれもいない学校へやって来た。

ひっそりとした廊下を歩いていると、幼稚園《ようちえん》の方から歌の声が聞こえて来た。女先生はいつもの様に、後《うしろ》に手を組んではいない。紫色の風呂敷に包んだ細長い物を、大事そうに片脇にかかえている。

廊下伝いに幼稚園にやって来て、輪の時間をしている遊戯室の入口に立った。幼稚園の先生が会釈すると、静かにそれに応えて、じっとそこに立った儘、子供達の遊戯を見ていた。

その内にふと後を向いて、そこから直ぐに上草履のまま、家へ帰って来た。

その翌日も学校は草臥《くたび》れ休みで、がらんどうであったが、先生は矢っ張りおひる頃から袴をつけてやって来た。

今日は廊下を歩かずに、教員室の裏の垣根にもたれて、長い間下の大川を眺めていたが、何となく身体がだるそうであった。大川はすっかり涸れて、遠くの方に細く流れている一筋の水が、濃い紫色にきらきらと光っているばかりであった。水の引いた後の磧《かわら》に、脊《せ》の低い秋草がまだらに生えている。その間を縫う様に、背中の紫色の鳥が磧を走り廻った。瞬きをする度に、鳥の数が殖える様であった。仕舞に磧一面紫色の鳥でうようよする様に思われて、女先生は目がくらんで、垣根の傍に生えている大きな桐の幹にしがみ附いた。

学校が始まっても女先生が来ないので、小使が迎えに行って見ると、女先生はお化粧をして、両膝を紐でくくって、死んでいた。傍らに長い刀が抜き放ってあったので、咽喉でも突くつもりであったらしいと思われたが、刀に血はついていなかった。

それで女先生の家系は死に絶えてしまった。長い土塀で桑畑をかこった屋敷が、あんなに荒れ果てるまでには、私共の知る様になってから後の、兄さんの狂死以前に、お父さんやお母さんや、まだその先祖に何か恐ろしい事が続いたに違いないと思われるけれど、古い事なので私共には解らない。

三　二本榎

私が目を開いているのを見て、

「起きていたのか、そうか、知っているのか、まあいい。じっとそうしていたまえ。起き出してはいけない」と云った。そうして私の枕許で煙草を吹かし出した。

「とうとうやって来た。全部やって来た。これでいい。もういい」

溜め息をつく様な声がした。

「君には済まなかったが、仕方がないんだ。前前から今夜ときめていたし、色色の都合があってそれを変える事は出来なかったのだ。君が途中から、汽車の中で打った電報を受取った時、これは困った事になったと思ったけれど、僕の方から返事をするわけにも行かない、愚図愚図している内に、君はもう新橋に著《つ》く時刻になったから、仕方がなかったのだ。

是非君をことわるには僕が新橋駅まで出かけて行って、君の汽車が著《つ》くのを待ってどこか外へ君を送り届けると云う事も考えたが、昨夜は、僕は出たり這入ったりしたくなかったのだ。しかしその時機を外したら、もう君を来させないわけに行かない。初めて東京へ出て来た君をこの家の玄関でことわって、どこか外へ行ってくれとも云われないし、もし僕がそう云ったとして、君が、そうか、それではそうしようと云って引き下がるわけもないだろう。そんな事を云わないで、今晩だけでも泊めてくれとか何とか云う事になって、その内にこの家の奴が出て来たりすると、そんなにしてまで君を泊まらせない様にする僕がおかしいと云う事にならないとも限らない。一たん君を僕の部屋に上がらした上で、更めて君を外に移らせるとなると、ますます僕は気が咎めるのだ。それは僕の考え過ぎかも知れないけれど、その内に上京するから宜敷《よろしく》たのむと云う君の依頼状は葉書だったから、或《あるい》は家の奴がだれか見ていないとも限らないだろう。その当人の君が来たらすぐその日のうちに僕が追い出したとなると、それはどう云うわけだと云う事になるだろう。だから一《いっ》そ の事、僕の方では何もしないで君の来るに任せておくと云うのが一番いい。遥遥やって来た君には済まなかったけれど、仕方のないめぐり合せなのだ。又そうする事が僕には却って好都合だとも考えた。こう云う事をするには事前に余程の注意を払う必要がある。実は前に一度、向うでは知らないのだが、やりそこねた事がある。それで今度こそはしくじるまいと色色機会を選んでいたところへ君が来たのだ。君を家に上げて、僕の部屋に泊まらして、一緒に寝た後で、僕が起き出して行ってこう云う事をするとは、家の奴等は思いも寄らなかったろうと思うのだ。そう云う意味では君は邪魔にならなかったのみならず、却って今夜の僕を助けてくれた事にもなる。君、大丈夫だよ、そんな顔をするな。君になんにもしやしないよ。する筈がないじゃないか。ああ咽喉が乾いてしまった。水が飲みたいな。ぐっと冷たい奴を飲んだら、いい気持だろうな。しかし、今下に降りて行くのは、一寸《ちよつと》いやだ。どうしても、そこを通らなければ台所へ行かれないから、まあ諦めよう。君に汲んで来て貰うと云うわけにも行かないし」

起《た》ち上がって、坐り直すのかと思ったら、窓を明けて外を見ている。

「まだ外を通っている奴があるね。もう何時なのだろう。まだ三時前か。さっき僕が降りて行ったのは」と云いかけて、自分で言葉を切った。

座に返って、枕元に坐り込んで、私の顔を覗き込む様にした。

「君はいつ目を覚ましたんだい。何か聞こえたのか。僕が降りて行く時はよく眠っていると思ったのだが、それに君は疲れているだろう。何しろ一日一晩汽車に揺られて来たのだから、一たん寝ついたら、中中目をさます様な事はなかろうと思ったのだが、矢っ張りこう云う事は眠っている人人にも何か気配が伝わるんだね。君が目を覚ますかも知れないとしたら、僕も何か考えたかも知れないのだが、兎《と》に角《かく》、今夜を延ばすと云う事は出来なかったのだ。そうすれば、少くともその間だけは君が決して目を覚まさないと云う様な方法も考えて見なければならない。そう云う事がどんな結果になるかと云う事よりも、今夜の決行が僕には第一だったのだ。しかしそんな事にならなくて、まあよかった。僕は勿論《もちろん》、今後の僕と云うものはないけれど、それは覚悟の上としても、それだからと云って、何も知らない君を巻き添いにして、いい気持がするわけもない。君が起きているのを見て、本当は僕は驚いたのだが、すっかりすんだ後だったので、よかった。それに君が目は開いていても、じっと寝床の中にいてくれたので、僕は落ちつく事が出来た。起き出して来て騒がれたりすると、僕もつい表へ飛び出す様な事になったかも知れない。僕には前前から考えておいた順序があるので、そんな事はしたくなかったのだ。僕は下ですっかり片づけた後で、流しに出て手を洗って、顔も洗って来た。茶の間に下の娘が洗っといてくれた僕の浴衣が、皺のしをして畳んであったから、著《き》て降りた寝巻もそれと著換えて来た。これだよ。ここの所がこんなにぴんぴんしている。それで何も彼もさっぱりした。手足や著物だけではない。本当にさっぱりしたのだ。後は夜が明けてからの事だ」

右引きで寝ている片身が痛くなったので、腹這いになろうと思って、布団の中で身体を動かしかけると、急にあわてた声で云った。

「駄目だ、駄目だ、まだだよ、今起きてはいけない。それまでそうして寝ていたまえ。僕も夜明けまでここにこうして落ちついているから。僕は結局もう君に会う機会はないだろう。僕の記念と云うと、君は変な気がするかも知れないが、君に上げようと思っている物がある。君に取っては僕の記念と云うよりも、今夜と云う夜の記念になるかも知れないが、それはどっちでもいい。僕の実家の兄が、そうだ君は知らないだろう、多少の噂もあったらしいが兎に角病死と云う事になって、それで世間体はすんでいる。しかし実は自殺したのだ。それも変な死に方をしたので、実家ではひた隠しに隠したらしい。兄貴の煩悶は僕に何の関係もないけれど、僕は僕で又別の問題があった。それを押しつめて行くと、結局僕も矢っ張り兄貴と同じ様な方法を取る外ない様な気がしたのだが、長い間考えつめた挙げ句に、到頭僕は人を殺す事にした。人を殺して自分が生きようなどと考えたのではないよ。僕に取っては自殺と同じ意味なのだ。自殺と云ったところで、僕の様な場合では、僕が生きているのがいやになる様に、もっと押しつめて云えば僕が生きていられない様に仕向けられたのだから、若《も》し僕が黙って死んでしまえば、僕はだまって殺されたのと同じ事になる。だから思い切ってやってしまった。随分考えたのだが、結局悪い事をしたなどとは考えていない。いいも悪いも有ったものじゃないのだ。三人が三人とも丸っきり知らないのだ。自分で気がつかない内に、もう二度と目を覚ます事はなくなっている。手足をばたばたやったのは、手や足があばれたので、当人は知りやしないだろう。それで目的を達して、手際はよかったと云う事になるかも知れないが、少し物足りないところもある。それでは一体何の為にやったかと云う事も考えられる。僕だと云う事は三人のうちのだれにも解ってはいないだろう。僕は後になって、僕だよ、僕だよと云う事を云って聞かしたくて仕様がなくなった。年寄り二人が脆《もろ》かったのは当り前かも知れない。もう一人の娘は君が昨夜来た時、丁度上り口にいたから僕を見たろう。しかし悪いのは爺と婆なのだ。現在養子である僕を、この家で又養子にしようとして、勿論《もちろん》そんな事が向うだけの考えで出来るわけはないから、僕にも責任がないとは云わないが、そんな事がもとで抜き差しの出来ない羽目になった。その行きさつを今から君に話しても、何にもならないし、云いたくもないが、僕が一たん決心してから後、その機会をねらっている間の何日かは、自分でも呼吸が詰まりそうだった。急に婆さんが親切になって、いろいろ僕の身のまわりに気を配ってくれ出した。座布団が潰れているから、綿を変えて上げなさいと娘に云いつけたり、あんたはもう何日風呂へ行かないじゃないかと云って、手拭と石鹼函を無理に持たせる様にして僕を送り出したりした。僕がすき焼が好きだと云うので、雨の降る晩にみんなで鍋を食った。僕とこの家の娘との事は随分前からの話で、それが近来変な風になっていたところへ、丁度その日の午後、まあ一口に云えば娘は全く僕を思い切る事を出来ないなりに、別の話で僕から遠ざかろうとしていたのだと云う事が、娘の言葉や顔色からではなく、もっと深いところで解ったと云う様な事があったのだ。それが却《かえ》って僕をいらだたせて、僕はもう我慢出来ないと云う気持になっているところへ、娘の方ではそう云う事のあった後、急に又僕をしたう素振りを見せるので、僕は胸の中に熱いものと冷たいものとが、ちっとも溶け合わない儘で方方にぶつかっている様な苦しい気持になった。そのすぐ後のすき焼鍋で、僕は娘と向かい合い、婆さんが横からいろいろと世話を焼いた。娘が婆さんに向かって、葱の切り方が長すぎるとか、白瀧をよく洗わないから、藁屑がついているではないかとか、自分の母親を口汚く責めているのも、取ってつけた様に僕の意を迎えているのだと思われた。爺さんは余り牛肉が好きではないので、おつき合いに仲間に這入っているが、餉台《ちゃぶだい》の端に乾物の焼いたのを置いて、手酌でちびりちびり飲んでいた。僕は酒は飲まないから、鍋の中の物ばかり食っている。ぐつぐつと煮立って来るにつれて、何故と云うわけもなく気持が曖昧《あいまい》になり、取り止めもない話に興じ合った。又新しい肉の切れを一列び鍋に入れて、それが煮立つのを待つ間、僕は箸を持った儘ぼんやりしていると、一本の箸が指から辷《すべ》って膝の上に落ちた。すぐに拾って持ち変えたが、自分でどう云うわけとも解らず、胸がどきどきし出した。娘が私の顔を見て、どうかしたかと尋ねた。婆さんや爺さんも私の方を見て、不思議そうな顔をしている。そんな事で顔色が変わると云う事も考えられないが、どうかした顔になっていたに違いない。その翌《あ》くる日の午過《ひるす》ぎ、矢っ張り雨が降り続いていたが、下の者がみんなどこかへ用達しに出かけた後、僕が一人で二階のこの部屋にいると、だれもいない筈の下の座敷で、何だか物音がする様だから降りて見たら、見馴れない大きな猫が縁側の明り先の障子の桟を頻りに引っ掻いている。外へ出ようとしていたのであろうと思ったけれど、家で猫を飼ってはいないし、だれもいない座敷によその野良猫を閉め切って下の人が出かけたと云う筈もない。そう云えば今僕が降りて来た時、こちら側の襖《ふすま》を自分で開けたか、もとから開いていたか、それすらはっきり解らない様な曖昧な気持がした。若し開いていたなら、猫はこっちから出て行ったに違いない。しかしそんな事を考えている間に、僕はいつの間にか後を閉め切って、猫を外に逃さない気組になっていた。何だか胸騒ぎがして、血相の変わる様な気持がした。急に思いついて、じっと猫を睨み据えた儘、後手で襖を細目に開けて、そこから外に出た。柄の長い箒《ほうき》を持ち出して、しっかり握りしめ、もとの座敷に這入ろうとすると、襖を開けた途端に、向うの床の間の前に来ていた猫が、目にも止まらぬ速さで飛んで来て、僕の足許から外へ出ようとした。その時、僕はもう座敷の中に這入って後の襖をぴったりと閉めていた。猫は自分の飛んで来た勢いで襖にぶつかり、その儘がりがりと鴨居の辺りまで攀《よ》じ登って、僕の頭の上を飛び越した。ひらりと座敷の真中に降りたと思うと、すぐにこちらを振り向いて、歯を剝く様ないやな顔をした。それで僕はかっとして、箒を振り廻して猫を追っ掛けたが、猫は非常な速さで座敷じゅうをぐるぐる馳け廻るので、まだ一度も箒の先は猫の身体に触れない。段段夢中になって、追い廻していると、猫の身体がふわふわと宙に浮く様に思われ出した。いつの間にか鴨居の上を伝っている。座敷の隅隅は角まで行かずに宙を飛んで向うの鴨居へ飛びつき、つつうと走って又向うの鴨居へ飛び移るから、天井裏に大きな輪を描いて、僕の頭の上をびゅうびゅう飛び廻った。僕は猫をどうするつもりと云う様な事は何も考えないで、一生懸命に目先をちらちらする猫の影を叩き落とそうとあせった。どの位の間そんな事をしていたか解らないが、その内に僕は呼吸がはずんで苦しくなって来た。猫は鴨居から鴨居へ渡る拍子に、ぴっぴっと細い小便をしている。もう今度こそと思って振りかぶった箒の先が、猫の身体に触れたか触れないかに、急に箒が重くなったと思ったら、猫が箒の先にかぶりついていた。それが非常な重さで、持ち上げる事も出来ない様に思われた。箒の先はばたりと畳の上に落ちて、まだ柄を握っている僕の手もとの方へ、猫がその先からじりじりと伝って来る様な気勢を示した。いつもの僕だったら、驚いて箒を投げ出すのだが、僕はじっと柄を握り締めたまま、猫の近づいて来るのを待っていた。自分ではそう思ったのだが、猫はいつまで経っても上がって来やしない。箒の先の穂の中に頭を突っ込んで動かないのだ。それで僕の気がゆるみ掛けたのであろう。はっと気がついた時には猫はもとの恐ろしい勢いに返って、さっきがりがり引っ掻いていた障子の方へすっ飛んだと思ったら、その儘紙に穴を開けて廊下の外に出てしまった。じっとしている間に障子の小さい破れ目でも見つけたのであろう。猫の出た後の座敷に僕はその儘坐っていて、すっかり腹がきまってしまった。どうせやる事にはきめていても、何がきっかけになるか解らないものだと、つくづくそう思ったよ。年寄り二人は何とも思わなかったが、あの娘の頸を巻く時は一寸躊躇《ちょっとちゅうちょ》した。猫の経験がなかったら、或《あるい》はしくじったかも知れないと思う。牛乳屋の車の音がしているらしいね。もう夜が明けるのか知ら」

又起き上がって、窓の障子を開けた。水の様な風が外から吹き下りて、枕の辺りがひやひやした。

すぐ座に返らないで、机の抽斗《ひきだし》を探していると思ったら、赤い石で彫った拇指ぐらいの金魚を持って来た。

枕許のもとの場所に坐って、それを私の手に握らせた。

「どうせ後で君は一通りの掛かり合いはあるだろう。しかし僕の為に何も弁護してくれなくてもいい。君の迷惑は本当にすまないが、許してくれたまえ。その時この金魚を取られてしまってはいけないよ。もうじき夜が明けるらしいね。二本榎のてっぺんが明かるくなって来た」

それから又落ちついて煙草を吹かしていると思ったら、半分許《ばか》りになった吸いさしを灰皿の上に置いて、「一寸《ちよつと》」と云いながら、私の寝床に近づき、足から先に這入《はい》って来た。驚いて起きようとする私の身体を押さえつける様にして、自分の顔を私に押しつけ、片手で私の胴を抱き締めた。そうして、押さえつけた口の中で、

「それじゃ、左様なら。本当に、左様なら」と云ったと思うと、急に手の力を抜いて、その儘の姿勢で布団の外に這い出し、そこで起《た》ち直ってすたすたと梯子段を降りて行った。足音は梯子段の下で消えたなり、後は解らなかった。遠くの方で電車の走り出した響きが聞こえる様に思われた。私は手のぬくもりで温かくなった瑪瑙《めのう》の金魚を見つめて、身動きも出来なかった。

四　花柘榴

夕方に玄関の開く音がしたから、出て見ると、荒い絣《かすり》の著物を著た若い男が、土間に起《た》っていた。

四五日前に来た下女の名前を云って、一寸《ちよつと》会いたいと云った。

「君はどう云う方ですか」

「僕はあれの同郷の者でありまして、国からの言伝をしたいのですが、一寸会わしてくれませんか」

「今いませんよ」

「そうですか、それじゃ表で待っています。若《も》し会えなかったら、後でそう云っておいて下さい」

そうして格子を閉めて出て行ったが、自分で云った通り、門の所にちゃんと起《た》っている。著物の絣《かすり》が馬鹿に荒いので、尤《もっと》もらしい顔とちっとも似合わない。暗くなりかけた門の外に、絣の白いところが、変な工合にちらちらした。

二階に上がって燈りをつけた。まだ壁の乾かない新築を借りたので、電気がともると、畳も天井も障子もびっくりする程明かるくなる。木のにおいや壁土のにおいが部屋の中に籠もっている。一服吸いかけると、また下で物音がしたので、降りて見たら、さっきの男が玄関に這入《はい》っていた。

「まだ戻りませんか」

「用事にやったのだから、まだ帰らない」

「どこへ行ったのです」

「どこだっていいじゃないか」

その男はそれきり黙ってしまった。そうしてその儘《まま》じっと突っ起っている。

玄関の電燈をつけたら、急に身のまわりが明かるくなったので、変な目をして、もじもじしている。

「まだ帰らないんだよ」と私がもう一度云うと、落ちつかない物腰でお辞儀をしたが、しかし顔を上げて人の目を見返している。

「本当ですか」

「本当だよ」

「おかしいな」

「そんな事を云うなら、帰るまでそこに待っていたまえ」

「ええ、そうさして戴きます」

私は又二階に上がったが、どうも落ちつかない。不用心の様な気持もする。家内が子供を連れて田舎へ行った留守中の事なので、下女が帰って来なければ、晩飯を食う事も出来ない。早く帰ってくれればいいと思う一方に、しかし下に待っている変な男に会わしたくない様な気持もする。曇ったなりに暗くなりかけた梅雨空が庇《ひさし》の上にかぶさって、窓越しに見える隣り屋敷の庭樹の茂みが、暗くなると同時にふくれ上がって来る様に思われた。

勝手口の方で物音がしたので、急いで降りて見たけれど、下女が帰ったのではなかった。

玄関に廻って見ると、さっきの男もいなかった。後が開っ放しになっているから、一寸外《ちょつと》に出ているのかも知れないが、黙って帰って行った様にも思われる。或《あるい》は往来で待ち合わせて会っているかも知れない。いらいらして来たので、家の中に燈りをつけて、そこいらを歩き廻った。

家が新らしい為に、時時方方の柱が鳴った。みしみしと云う音が、どうかした機《はず》みで少し長く引っ張る様に聞こえる事がある。丁度梯子段の下にいた時、不意に頭の上でそんな音がしたので、はっと思った拍子に後《うしろ》の襖が開いて、下女が顔をのぞけた。

青白い、油を拭き取った後の様な肌の顔が無気味に美しく思われて、目を外《そ》らす事も出来なかった。

「只今」と云って、そこに膝を突いた儘、こちらを見上げる様な恰好をした。

「買物は調ったかい」

「はい。遅くなりまして」

変な男が来たと云う事を伝えてやるのが云いにくい様な気がして、その儘二階へ上がってしまった。

下でことことと云う物音がするのを、じっと聞き澄ましていると、何とも云われない楽しい気持がする。つい何日か前、桂庵からよこした女中だけれど、口数も少く、おとなしくて、起ち居にどことなく柔かみがある様に思われた。さっき絣《かすり》の著物を著た男が来た為に、一層そう云う事がはっきり思われ出した様な気がした。

御飯の用意が出来たと知らせて来たから、茶の間へ下りて行ったが、食膳の上の色取りも美しかった。酒を飲んで、下女の顔を見ている内に、いい気持になって、

「さっき絣の著物を著た男が二度も三度もお前を訪ねて来たよ」と云う様な事を、ぺらぺらと話し出した。

「あの男を知ってるのかい」

「ええ、きっとあれで御座いますわ」

「いやな奴だね」

「何か失礼な事を申しましたでしょうか」

「そうでもないが、一体あれは何だい」

「国の者で御座います」

「どうしてお前を訪ねて来たりするんだろう」

「何か言伝でも聞いてまいったので御座いましょう」

「ははあ、同じ様な事を云ってる。お前今外で会ったのか」

「いいえ」

「それじゃ又後でやって来るかも知れない。来たらどうする」

「一寸《ちょっと》お勝手口ででも話しまして、すぐ帰します」

「まあ遠慮するな」

下女は人の顔をまともからじっと見た儘、にこりともしない。その様子が特に風情がある様に思われて、ますます浮わついた気持がして来た。

「どうだ一杯飲まないか」

「まあ」

大粒の雨がぱらぱらと軒を敲《たた》く音がし出したと思うと、忽《たちま》ちひどい土砂降りになった。

夜中に寝苦しくて目を覚ましたが、真暗な部屋の中で、どちらを向いて呼吸をしていいか解らない様な気持がした。寝床から這い出して、二階の縁側の雨戸を開けた。いつの間にか雨はやんでいるけれど、夜更けの雨空が軒に近く白らけ渡って、曖昧な薄明りが庭樹の陰にも流れている。

不意に白い著物を著た人影が動いたので、ぎょっとした。息を詰めてその方を見据えると、下女が寝巻のままで庭を歩いているらしい。

何をしているのか解らないけれど、今急に出て来たものの様には思われなかった。落ちついた足どりで、雨上りの濡れた庭土の上を歩き廻っている。さっき私が雨戸を繰った物音も聞こえた筈《はず》なのに、丸で二階の方の気配には気づかぬらしい様子で、時時庭樹の小枝の端を引っ張ったりしているのが見えた。葉の間にたまった雨の雫を浴びるだろうと思ったら、青白い滑らかな肌を背筋に伝う冷たい雫を自分で感じる様な気持がした。

そんな事で寝坊をして、朝は遅く目をさまし、顔を洗いに下へ降りようとすると、何だか人の話し声が聞こえる様であった。忽《たちま》ち想像が走って暫《しば》らくその模様を立ち聞きする気になったが、いくら耳を澄ましても、ひそひそ話の内容は解らなかったので、構わずに降りて行った。

玄関の三畳の間の襖《ふすま》を開けひろげて、下女が昨日の男と対座している。男は矢っ張り荒い絣《かすり》を著ていたが、私の足音を聞いて坐りなおしたものと見えて、窮屈そうな膝の上に両手を置き、変に畏《かしこ》まった恰好をしていた。

「一寸こちらをお借りして居ります」と下女が云った。

いつ頃から話し込んでいるのか知らなかったが、何だか話が縺《もつ》れている様子であった。

私が勝手の方へ出て行く気配を知って下女は座を起って来た。

「お顔で御座いますか」と云って、金盥《かなだらい》を出したり何かしようとするのを、私は遮って、

「いいよ、いいよ」と云ってあちらに行かせた。

ぼんやりした気持で顔を洗って、その儘勝手の上り口に腰をかけていた。朝っぱらから

頭がもやもやして、取り止めもない事に気がせく様で落ちつかない。一たん止《や》んでいた雨は夜明けから又降り出したと見えて、騒騒しい雨垂れの音が家のまわりを取り巻いて、裏の近いすぐ隣りの物音も聞こえなかった。

不意に下女がいつもより、もっと青白い顔をしてそこに突っ起《た》ったので、驚いて起ち上がったが、何だか胸がどきどきする様であった。

「お顔はもうおすみになったので御座いますか」

「うん」

「それではすぐに御飯のお支度を致しましょう」

「今来ていた人はどうした」

「仕様がないんですよ」

「まだいるのか」

「お玄関で考えていますわ」

それで嫣然《えんぜん》と云う様な風に笑って見せた顔が譬《たと》え様もなく美しく思われた。

「ほっといて、いいのか」と私が云うと、

「一人で帰りますでしょう」と云って、又人の顔を見ながら笑った。

二階へ上がろうと思って、もう一度玄関の脇を通ると、さっきの男はもとの通りの向きに坐ったまま、じっと膝に手を置いてうなだれていたが、私の足音で急に顔を上げた。「大変お邪魔を致しました」と切り口上の挨拶をしたと思ったら、ふいと起ち上がって、土間に下り、そこでもう一度丁寧なお辞儀をして、すたすたと雨の中へ出て行った。一日じゅう、外へ出ていても、そんな事が気にかかって、落ちつかなかった。留守に又絽の著物を著た男が来ている様な気がしたり、そんな事はどうだって構わないと思う後から、下女の青白い顔が笑っている様に思われたりした。

暗くなってから、外で晩飯をすまして帰って来た。一日雨が降り続いて、夕方から一層ひどくなっている。一足家の中へ這入《はい》った後から、重ぼったい雨の気が、一緒について這入った様な気持がした。畳も濡れている様だし、塗り立ての新らしい壁は、指で圧さえると凹む様に思われた。

洋服を脱ぎながら辺りを見廻していると、どうも留守にだれか来た様な気がしてならない。下女の顔も濡れている。雨気の為ばかりではないらしい。著物《きもの》に著換えて、そこいらに坐り込んでいると、急に外の雨音が拭き取った様に、ばたりと止んだ。家の中がしんしんと静まって行く様に思われる。時時、どっちから吹いて来たか解らない重たい風が、家の中を通って、襖《ふすま》や障子にあたる度に、鈍い物音を立てた。何か片づかない気持で、口を利くのも億劫《おっくう》だから黙っていると、下女がお茶を汲んで来て、私の前に膝を突いた。

「旦那様」と云って、人の顔をまじまじと見た。

「何だ」

「あの何で御座いますけれど、私はこれから先、ずっと置いて戴けますでしょうか」

「いてくれてもいいが、どうかしたのか」

「国から一先《ひとま》ず帰って来いと申すので御座いますけれど、私帰るのはいやなので御座います」

「例の男がそう云って来たのか」

「そうでは御座いませんわ」

今日はその男の事を話すのがいやな様な気がしたので、それっきり話を打ち切ったが、二階の自分の部屋に帰ってからでも、何だか気がかりで、又下へ降りて見たくなるのを何度も我慢した。

昨夜よりも早くから寝入ったが、夢の切れ目には、いつでも雨がざあざあと音を立てて降っていた。

又夜中に寝苦しくなって、寝床から這い出した。外は昨夜の通りの空で、薄白く軒に垂れ下がった下に、庭樹の茂みが煙の固まりの様に黒くひろがっている。葉の蔭にところどころ小さく光る物があると思ったら、筒形をした柘榴《ざくろ》の花が覗いているらしいので、恐ろしくなった。そう思ってその方に目を据えると段段光りが鋭くなって、仕舞には目を射る様にぴかぴか光っては、又息をする様に消えた。

薄暗い空から吸い込む息が、腹の底に沁みる様に冷たかった。寝醒めのもやもやした気持の中を、一筋刃物の峯の様に走るはっきりしたところがあって、自分の気持がその筋に引釣るのが解る様であった。矢っ張り向うに動いている影は下女であって、昨夜の通りに茂みの間を歩き廻り、時時小枝を引っ張って、雨上りの雫をふるい落としている。寝巻浴衣の白地が薄闇にぼやけて、普通よりは大分大きい人影の様に思われた。

その後は寝床に帰ってからも寝つきが悪くて、うつらうつらしかけると、不意に何処か踏み外した様な気がしたりして、到頭外の薄明りを見るまで起きていたが、それから急に深く眠り込んだものと思われる。目が覚めた時は窓の外は明け離れていたけれど、朝だか夕方だか解らない薄明りが、濁った水の様に辺りによどんでいた。

下に降りようと思って、廊下に出た時、庭樹の茂みの間に、縞の著物がちらちらと見えた。あわてて下に降りて、縁側を開けたら、まともに見える大きな柘榴の下枝に、例の若い男がぶら下がっていた。下女を探したけれど、自分の部屋もお勝手もきちんと片附いていて、家の中には影も形もなかった。

五　橙色の燈火

息子が病死した時の、その前に病気をした時、手が足りなくて傭《やと》った派出婦が来て、お招きしたいから伺ったと云うので、ついて行った。すぐそこだからと云うので、歩いて行ったが、平生あまり通らない屋敷町の角を幾つも曲がる内に、段段道が広くなって、両側の家が遠ざかり、歩いて行く道に取り止めがなくなる様であった。

派出婦は余り口を利かなかったけれど、並んで歩いていてひとりでに解る相手の息遣いの調子などから、こちらも次第に気持がゆるんで来た。その内に途中で日が暮れて、初めは暗い空の下に私共の通って行く道だけが白く向うの方まで伸びていたが、暫《しば》らくすると道の表も暗くなって、遠い両側にまばらにともっている燈りが低い所でぴかぴかと鋭く光り出した。

まだですかと聞いて見ようかと思ったけれど、それはお愛想であって、本当はそんな事を聞かなくてもいいと云う気持が自分に解っていたので、黙っていると、派出婦の方にもそれが通じたと見えて、前よりも一層落ちついた息をした様であった。

歩いて行く程道端の燈りは低くなり、その廻りだけを狭く照らしている小さな光りが、ぎらぎらする角角《つのつの》を生やした様に思われた。

道の突き当りの真正面に恐ろしく大きな門があって、そこを這入《はい》って行くと、玄関は昼の様に明かるかった。

衝立の陰から顔の長い書生が出て来て、そこの板敷の上に裾《すそ》を捌《さば》いてぴったり坐った。派出婦が私の後から横をすり抜ける様にして前に出た。そうして式台に上がると同時に身体を斜に捻《ね》じって、その儘《まま》の姿勢で私の先に起って案内した。

私が通り過ぎた後で書生の起ち上がった気配がした。私のすぐ後からついて来るらしい。

長い廊下を通って行くと、片側の庭には薄明りが射していたが、広広とした地面に樹が一本もなくて、人が中腰になった位の高さの丸っこい庭石がいくつも突っ起っていた。

私が応接間の椅子に腰をかけるのを見て、派出婦と書生が入口で列《なら》んでお辞儀をして、扉を閉めて、どこかへ行ってしまった。

天井の高い西洋間の壁に、床まで届く位もある非常に長い聯《れん》が掛けてあるが、しみの様な墨のうすい字で、何と書いてあるか読めなかった。

辺が森閑としている癖に、何か頻りに物の動く気配がする様に思われた。

脊の高い女中がお茶を持って来て、丁寧なお辞儀をした後で、きっとなって私の様子を頭の先から足の先まで見て行った。

それから派出婦が来て、主人が御挨拶にまいりますと云った。

それっきり派出婦もいなくなって、部屋の内にも外にも物音一つしなかった。

それでいて何となく私はそわそわする様で、大きな椅子に掛けている尻が、落ちつかない様な気持がした。

どちらとも方角は解らないが、何処か遠くの方から、ずしん、ずしんと大地を敲《たた》いている様な音が聞こえて、その響きが足の裏から、頭の髪の毛まで伝わった。

じきにその音が止んだと思うと、またもとの通り森閑としている外の廊下に、ざあざあと云う水の流れる様な音がした。

そうして不意に扉が開いて、袴を穿いた大坊主の目くらが、一人でつかつかと部屋の中に這入って来た。

だだっ広い顔一面でにこにこ笑いながら、手にさわった椅子に腰を掛けて、そっぽを向いた儘でこちらの気配をさぐっているらしい。

ぐるっと部屋の廻りを勘で調べた上で、更めて落ちついた顔になって、

「ようこそ」と云った様であった。

言葉はよく解らないけれど、声の調子に聞き覚えがあるので、私の方がびっくりした。

「やあ、何、私どもの所は年じゅう同じ事ばかりで」

主人なのであろうと思ったけれど、何と挨拶していいか解らないので、もじもじしていると、相手はそれきり黙ってしまったが、落ちつき払った態度で、一方に顔を向けた儘《まま》、いつまでも独りでにこにこしていた。

不意に扉が開いて、派出婦が綺麗にお化粧をし、艶かしい著物を著て這入って来た。

「お待たせ致しました」と云って、目くらの手を取り、私に目で合図をした。

目くらの主人は派出婦の手を払う様にして一人ですっくと起ち上がり、顔のどこかに微笑を残した儘で歩き出した。

派出婦がその横に寄り添う様にして部屋を出る時、もう一度私の方に合図をした。

どう云う事なのかよく解らないけれど、その後からついて行くと、薄明りの射した廊下がどこまでも続いて、少しずつ先が低くなっているので、足もとががくりがくりする様であった。内廊下になっていて、両側は壁であった。目くらの主人は下り坂になった廊下を馳け出す様な勢いで先に立って行き、派出婦はその後から追っかけている。私は段段遅れて、一人だけ残されそうになったが、二人の後姿を見失わない様にと思って急いで行くと、廊下の傾斜がますます急になって、家の中なのに何処からか風が吹き込んで来た。

急に向うが明かるくなったと思ったら、障子の内側から黄色い燈影《ほかげ》が輝やく様に照らしている座敷が見えて、先に行った二人が今その前に影法師の様に起ち止まっている。私が追いつくのを待って派出婦が膝を突き、しとやかに障子を開けると、中から橙色の明りが眩しく流れ出した。座敷の中に何かあるのかと思ったが、畳の目が美しく燈火の色を反射して、床の間に懸かった白っぽい軸の中途半端なところに描かれた一羽の頸の長い鳥がちらちらと動いているばかりであった。

中に這入《はい》って座に著くと、お膳が出て酒が出て、若い女が入り変わり起ち変わり酌をしたり御馳走を運んだりした。派出婦は主人の傍に坐って、お膳の上の世話をしている。目の前は明かるく華やかだが、話は途切れ勝ちで、食っている物の味もよく解らなかった。身の廻りに起こっている事に後先のつながりがなく、辺りの様子も取り止めがなくて、つかまり所のない様な気持の中に、しんしんと夜が更けていると云う一事だけが、はっきり解った。

何処かを風の渡る音がする度に、橙色の燈りが呼吸をした。歩いて行く程広がって来る白っぽい道が、時時心に浮かんで来て、道端の燈火の色も、さっき通りがかりに見た時よりは、思い出している方が、ありありと眺められる様な気がした。

主人はいつまでたっても同じ様子でお膳の前に坐っている。私の前のお膳にも色色の御馳走が色取りを変え、美しい女が起《た》ったり坐ったりして、もてなしてくれるけれど、段段に掴まりどころがなくなる様で、お膳の前にのめりそうになったから、座を起って、廊下に出ようとすると、主人が穏やかな笑顔になって、新らしく自分の盃を取り上げている。その様子が無言で私を引き止めている様に思われて、その場を動く事も出来なかった。

何処かから微かな人声が聞こえた様に思ったら、その途端に私は飛び上がる程驚いた。もう一度聞き直そうとする内に、大勢の人声が入り乱れて、初めの声はわからなくなったが、何か面白そうに興じ合って、時時は手を拍ったりしているらしい。

その騒ぎに気を取られていると、次第に自分の身の廻りも浮き立つ様に思われ出した。大勢の人声は遠くなったり、近くなったりして聞こえるが、そう思って見ると、その騒ぎは今初めて聞こえ出したのではない様にも思われる。急に派出婦が廻って来て、片側の障子を開けひろげると、暗い庭を隔てた向うに、こちらの座敷よりも、もっと明かるい燈影《ほかげ》のさしている障子が見えて、その明かりを受けた庭の何も生えていない荒土が、ところどころ水の様に光った。

障子の向うには元気のいい連中が集まっているらしかったが、時時障子の紙にうつっては消える影法師は、中の気配に似合わず形がぼやけて、取りとめがなかった。

又どこかで大勢の声がする様に思われたので、庭に乗り出す様にして覗いて見ると、こちらの座敷から鉤の手になった遥か向うにも橙色の明かるい障子があり、その又先にも明かるい座敷が見える。まだまだこちらから見えない所にも、そう云う明かるい部屋が方方にありそうに思われた。

盲目の主人が顔を伏せている。眠っているのか、考えているのか解らない。派出婦はいなくなった。向うの座敷で声がした様に思われたけれど、その後が聞こえなかった。

時時屋根の棟を渡る風の音を聞きながら、いつまでも私は暗い庭の向うの明かるい障子を眺めていた。段段気持が落ちついて来る様でもあり、それと同時にますます事の後先のつながりがなくなる様にも思われたが、その間にただ一つ今じきにはっきりするらしい事が、ついこの手前でぼやけている様に思われて、それがじれったくて堪らなかった。

（「中央公論」昭和十二年十月号）

昇天

私は暫《しば》らく同棲していた女が、肺病になって入院していると云う話を聞いたから、見舞に行った。

郊外の電車を降りて、長い間歩いて行くと、段段に家がなくなって、辺《あた》りが白らけたように明かるくなって来た。すると、向うに長い塀《へい》が見えて、吃驚《びっくり》するような大きな松の樹が、その上から真黒に覆いかぶさっていた。

門の中には砂利《じゃり》が敷いてあって、人っ子一人いなかった。だだっ広い玄関の受付にも、人がいなかった。

何処《どこ》かで風の吹く音がした。その音が尻上りに強くなって、廊下の遥《はる》か奥の方で、轟轟《ごうごう》と鳴る響が聞こえた。

不意に式台の横にある衝立《ついたて》の陰から、小さな看護婦が出て来て、私にお辞儀をした。私がその後について行くと、看護婦は、いくらか坂になっている長い廊下を、何処までも何処までも歩いて行った。しまいに廊下の四辻になっている所まで来ると、この左の廊下の取っ付きの病室にいらっしゃいます。患者さんは御存知なのでしょうと云って、向うへ行ってしまった。

その病室の、一番入口に近いベッドに女は眠っていた。大きな病室で、ベッドが十脚位ずつ、両側の窓に添って、二列に並んでいた。寝ている病人は、みんな女で、おんなじ様な顔をして、入口に立った私の方を見ている。

「おれいさん」と私が云ったら、女が眼を開いて私の顔を見た。

「どうも有りがと」と落ちついた声で云って、少し笑った。「お変りもなくて」

「いつから悪かったんだい」

「さあ、いつからだか解りませんの、私何ともなかったもんですから」

「自分で苦しくなかったのかい」

「ええ、ただね傍《はた》の人がいろんな事を云って、息づかいが荒いとか、真赤な眼をしてるとか、御存知なんでしょう、私がまた出てたのは」

「知ってる」

「それで、その家《うち》のおかあさんが心配して、お医者に見せたんですの、そうしたら、もう随分悪かったんですって」

「そんな無理をしてはいけないねえ」

「だって私知らないんですもの、その時お熱が九度とか九分とかあるって、お医者様びっくりしていらしたわ」

おれいはそんな事を話しながら、口で云ってる事を、自分で聞いていないような、ぼんやりした目付きをして、私の顔を眺めている。

「今でも熱があるんじゃない」

「さあ、矢っ張りその位はあるんでしょう。ここに来てからまだ、もう幾日になるのか知ら。私、貴方がいらして下さる事、わかっていましたわ」

「どうして」

「どうしてでも」

庭の上の空を、大きな雲が通るらしく、辺《あた》りが夕方のように暗くなりかけた。

「僕はまた来るからね」

「ええ、でもこんな所気味がわるくはありません」

「そんな事はないよ。何故《なぜ》だい」

「本当はね、ここは耶蘇《ヤソ》の病院なの」

「知ってるよ」

「私どうしようかと思いましたわ。初めは何でも市の病院に這入《はい》れるような話だったのですけれど、病人が一ぱいで、空《あ》かないんですって。それから、おかあさんがお医者様と相談して、耶蘇の病院に入れると云うんでしょう。私、子供の時から、耶蘇は好かないんですもの。竹町の横町に救世軍があって、太鼓をたたいているから、うっかり聞きに行くと、中に這入ったら最後、戸を閉《し》めて帰さないんです」

「そんな事があるものか」

「いいえ、だから私、それに私が耶蘇の病院に這入ったりしたら、死んだ母さんや父さんにすまない様な気がして、ここに来る前は二晩も三晩も眠れなかったわ。すると毎晩毎晩、真白い猫が来て、寝床の足許《もと》の閾《しきい》で夜通し爪《つめ》を磨《と》ぐんでしょう。おおいやだ。思い出してもぞっとするわ」

「そんな事は夢だよ」

「いいえ、夢なもんですか。ここへ来る時はおあいちゃんと、おかあさんもついて来てくれて、三人で自動車に乗ってから、何処だか知らないけれど、両側に樹があって、道が暗くなったところを駆けぬけたと思うと、その道が少し坂になってたんですけれど、坂を下りかけた拍子に、片方の崖《がけ》から白い猫が自動車の窓に飛びついて来ましたの」

おれいは段段早口になって、声も上《うわ》ずって来るらしかった。

「それっきり私なんにも解らなくなって、気がついて見たら、ここに寝てたんですの。ふっと目を開いて見たら、ここの院長さんなんですの、青い顔をして、そら、よく耶蘇の絵にあるでしょう、磔《はりつけ》の柱の上で殺されている、あの怖《こわ》い顔そっくりなんでしょう。私どうしようかと思いましたわ」

私は、五十銭銀貨を五つ紙に包んだのを、おれいの枕許において、その病室を出た。

中庭の芝生の枯れかけた葉が黒ずんで、空は雲をかぶったまま、暮れかけて来たらしい。さっきの廊下に曲がる角《かど》で、出合い頭《がしら》に変な男に会った。病院の白い着物を着ているんだけれど、背中が曲がって、頸《くび》も片方の肩にくっつく様に曲がって、そうして白眼勝ちの恐ろしい目で、私の顔をぎろりと見た。

私はぎょっとして、一寸《ちよつと》立ち竦《すく》みそうになった。すると、その男は、急に顔を和らげて、丁寧にお辞儀をして、行き過ぎた。何か恐ろしい前科のある人が、救われてこの病院に奉仕していると云う様なことを、私は考えずにいられなかった。

その男が行ってしまった後は、また長い廊下に人影もなかった。滅多に見舞に来る者もないらしい。それとも、私の来た時刻がいけなかったのか知ら。私は、何だか後からついて来るものを逃《のが》れるような気持になって、廊下から玄関に出た。

途中で日が暮れて、急に明かるい灯の列《なら》んでいる街《まち》に帰ったら、不意に身ぶるいがした。

夕方に吹き止《や》んだ風が、夜中にまた吹き出す。私は、その前にきっと目をさましている。しんとした窓の外の、どこか遠くの方で、何だかわからない物音がする。ことりと云うただ一つの物音が、狙《ねら》いをつけた鉄砲の弾のように、真直ぐに私の耳に飛んで来る。それが風の先駆なのである。さあと云う高い音の聞こえた時には、風は私の寝ている頭の上の空に来ている。そうして、窓をどんと押すのである。私は息も出来ないような気持になって、しかし、耳は益《ます》々《ます》冴《さ》えて来る。隣りの露地《ろじ》の戸に取り付けてある鈴が、澄み渡った音を立てて、ちりんちりんと鳴り響く。その響の尾を千切るように、直ぐまた次の風が吹いて来て、前よりも一層鋭い音をたてる。おれいは私の別れた女である。寧《むし》ろ私をすてた女である。しかし、そうなる後先《あとさき》の行きさつを、今から思い返して見れば、女としては仕方のない道だったかも知れない。又、私をすてたと云っても、彼女はすぐに再び芸妓に出たのである。そうして、今は施療の病院に夭死《ようし》を待っている。あの大きな病室の中に、枕をならべた大勢の病人の中で、ただ一人だけ、際立《きわだ》って美しかったおれいの顔を、私は今思い出すのである。その俤《おもかげ》は私に懐《なつか》しく、しかしどうかした機《はず》みに、また云いようもなく恐ろしかった。

病院の玄関に立ったけれど、矢っ張り何人《たれ》もいなかった。勝手に上草履に穿《は》きかえて、長い廊下を伝って行った。薄曇りの空が重苦しく垂れて、廊下の両側の中庭は、汚れたように暗いのに、廊下の床板には不思議な光りがあった。その照り返しで廊下は明かるい筒のように、向うの果てまで白ら白《しじ》らと光った。そこを歩いて行くものは、私の外にだれもいなかった。私は水を浴びるような気持がして、ひとりでに足が早くなった。

おれいの病床の傍に、五十位の口の尖《と》がった大男が立っていた。私の這入るのと入れ違いに出て行くのを見たら、片方の足がひどい跛だった。

「どうもすみません」とおれいが静かな調子で云った。「少し落ちついて来ましたの」

「そう、それはよかったね。熱が下がったのかい」

「そうらしいんですの。でもね、まだ御飯は運んで頂いてるんですけれど」

「ほかの人は自分で食べに行くのか」

「いいえ、自分で御膳を貰《もら》って来るんですわ。この部屋の人、大概みんなそうですよ」

「だって、熱のある病人なんだろう」

「でも、それは仕方がありませんわ。どこか遠くの方で、じゃらん、じゃらんと云う鉦《かね》が鳴り出しますと、ここに寝ている人がみんな、むくむく起き出して行くんですよ」

「おれいさんには、だれが持って来てくれるんだい」

「看護婦さんの事もありますけれど、大概は男の人で、そりゃ迚《とて》も怖い人なんですの、猪《い》頸《くび》で、背虫で」

暫らくして、おれいは変な事を訊《き》き出した。

「ほうと云う字があるでしょう」

「どんな字だ」

「そら、お稲荷《いなり》さんなんかによくあるあの、そら、たてまつると云う字だわ。その下に、やすと云う字は何の事なの」

「奉安かい」

「それは、どう云う事ですの」

「安んじ奉る。それだけじゃ解らない。どこでそんな字を見たんだい」

「昨夜《ゆうべ》ね、御不浄《ごふじょう》に行った帰りに、廊下を一つ間違えたらしいの、そうしたら、そんな事を書いて、その下に室と云う字を書いた看板の出ている部屋がありましたの。中に灯《あか》りがついて、奇麗《きれい》に飾ってあるから、何かしらと思ったんですわ」

私は黙っていた。屍体《したい》収容室の事を云って居るに違いなかった。

「さっきの人はだれだい」と私は話を変えた。

「あの人ね、高利貸なのよ」

「ええ、そうですの、でもあんな商売の人って、案外親切なものね」

「お客なのか」

「そうかも知れないね」

「お金を十円置いて行ってくれたわ。要《い》る事もないんですけれど」

おれいは、一寸《ちょっと》暫らくの間、この病気に特有の咳《せき》をした。それが静まったと思うと、じっと眼を閉じて、黙っている。乾《かわ》いた瞼《まぶた》の裏に、目の玉のぐりぐり動いているのが、はっきりと見えた。

おれいは、目を開いて、

「どうも私、この頃不思議な事がありますのよ」と云った。「耶蘇を信心する所為《せい》かも知れないけれど」

「耶蘇教を信仰し出したのかい」と私は驚いて尋ねた。

「ええ、まだよく解らないんですけれど、何だか有りがたい御宗旨のようですわね」

「何だか、おれいさんは馬鹿に怖がっていたんじゃないか」

「それはね、怖いには怖いんですけれど、ここの院長さんは、矢っ張り耶蘇なんですよ。院長さんて、そりゃ迚《とて》も怖い方なんです。口で仰有《おっしゃ》る事は、やさしい事を云うんですけれど、その声が怖いんですわ。何だか私、聞いてると身がすくむようよ。こないだもね、私のところにいらして、さあさあ、もう心配する事はない。われわれが真心をもって、看病して上げる。信じなければいかん。早くよくなる。じき楽になる、と云って、いつまでもじっと傍に立ってるんですもの。院長さんも肺病なんですって。だから青い顔して、咳ばかりして、時時この廊下の外にテーブルを持って来て、演説なさるわ」

おれいは段段せき込んで話し出す。

「そのお話を聞いて、後でお祈りなさるのよ。ですから、この病室の人は大概みんな信者ですわ。そのお話し、私にはよく解らないんですけれど、それでも、伺ってるうちに、段段有りがたくなって来るらしいわ。この部屋の人が、あとでみんな声をそろえて、お祈りの事を云うんでしょう。アーメンと云うのは私だって云えるけれど、でも、その後で呟き入る人が随分ありますのよ」

「そんなに、話しつづけると後でつかれやしないか」と私が心配して云った。

「ええ、でも何だか不思議なんですもの、それ以来、私、こう目をつぶっていても、いろいろの物が見えるらしいのよ。指を幾本か出して、目蓋《まぶた》の上に持って行くと、ちゃんと、その数だけ、指の形が見えるんです。奇蹟と云うのでしょうか」

私は、憑《つ》きもののする話を思い出して、ぞっとした。

「そんな馬鹿な事はないよ。変な事を考えてはいけない」

「そうでしょうか、私はなんにも解らないんですけれど」と云って、おれいは、また目をつぶった。

そうして、いつまでも黙っている。目蓋の裏から、私の顔を見ているつもりかも知れない。この女の事だから、本当に見えるのかも知れないと思ったら、私はそこに立っているのが恐ろしくなった。

私は、おれいの病気の程度を知って置きたいと思ったから、帰りに玄関脇の事務室に這入って行って、係りの御医者に会いたいと頼んだ。

広い事務室の中には、片隅の机に、若い美しい女が一人いるきりだった。その女が立ち上がって、壁の時計を見ながら、今、回診が始まったばかりだから、相当時間がかかると思うけれど、かまわなければ、向うの部屋で待って居れと云って、私を応接室に案内してくれた。

私は応接室で長い間待っていた。壁と窓ばかりの、がらんとした部屋の中に、晩秋の冷気が隅隅に沁《し》み込んでいるらしかった。辺りに何の物音も聞こえなかった。この病院の患者達は、いつ迄もただ黙って寝ているきりで、癒《いえ》ると云う事もなく、また死ぬ事もないのではないかと云う様な、取り止めもない事を考えかけて、ふと私は、さっきおれいの云った奉安室の話を思い出した。そうして、おれいが、奇麗な部屋だと云ったのは、どんな風に飾ってあるのだろうと想像して見た。しかし、私の考えは、何のまとまりも付かなかった。それから、いつ迄《まで》も物音のしない部屋に一人いて、いろいろの事を思い出しそうで、特におれいとの以前の事など思い出しそうで、ただいつまでも何となく落ちつかない気持がするばかりであった。窓の傍に立って、外を眺めても、どんよりと曇った空には、雲の動く影もなかった。

いきなり扉があいて、びっくりする程、背の高い男が這入って来た。恐ろしく大きな顔で、額が青白くて、目玉が光っている。私の顔を見ると、急に目の色を和らげて、一寸会釈したまま、黙って出て行った。頬《ほお》にも口の廻りにも、同じような鬚《ひげ》が生えていた。

すると、入れ違いに、扉を敲《たた》く音がして、女のお医者らしい人が這入って来た。

「お待たせ致しました。私が副院長で御座います」と云った。

小柄で、顔が引締まっていて、白い着物がよく似合った。私の話をきいて、

「本当にお気の毒で御座います。おとなしい、内気の方のようで御座いますから、なんにも仰《おっ》しゃいませんけれど、まだお若いのにお可哀想で御座います。もうあの程度までに進んでしまいますと、後はただ時日の問題だけになりますので、こんな事を申上げては如何《いかが》か存じませんが、せいぜい後一月もどうかと思うので御座います」

「先程見舞ってやりましたら、今日は大分いい様な事を云って居りましたが、そうでもないのですか」

「いいえ、ちっともおよろしいどころでは御座いません。どうも、こちらに入らっしゃる方は、みんな余っ程悪くなってからでないと、養生のお出来にならない様な事情の方が多いのでして、それに、男子の方には、一時は軽くなって、一先ず御退院なさると云う様な方も御座いますけれど、女の方でそう云う場合は、まあ殆《ほとん》ど御座いませんですね」

「食べ物は食べられるのでしょうか」

「お熱がおありになりますから、おいしくは召上がれないと思いますけれど、何でも欲しいと仰しゃる物でしたら、差上げて頂きたいと思います」

私は、慌《あわただ》しい気持がした。その部屋を辞して、一旦玄関に出てから、また病室の方に引返して行った。

「あら」とおれいは云って、不思議そうに私の顔を見た。

「一寸《ちょっと》思い出して帰って来たんだけれど」と私は困惑しながら云った。途中から引返したにしては、余り時間が経ち過ぎている。しかし、そんな事を問い返す女ではなかった。

「この次ぎ来る時、何かおれいさんの欲しいものを持って来て上げようと思ったのだ」

「まあ、そんな事、すみませんわ、別に欲しい物ってないんですもの」

「でも何か云いなさい」

おれいは暫らく黙っていた。じっと目をつぶっている。

「蜜柑《みかん》と、それからカツレツが食べたいと思う事がありますけれど、蜜柑は、この病院の男の人が、みんなの使《つかい》に行って、買って来てくれますの」

遠くの方で、じゃらん、じゃらんと云う締りのない鉦《かね》の音がした。

「あら、もう御飯ですわねえ」とおれいが淋しそうに云った。

気がついて見ると、外が薄暗くなりかけている。

部屋の中に、光りの弱い電灯が、一時にともった。その灯りの下で、今まで、じっと寝ていた病人達が、むくむくと起き上がって、みんな申し合わした様に、一先ずベッドの上に腰を掛けて、それから、そろそろと辷《すべ》る様にベッドを下りて来た。そうして足音もなく入口の方に歩いて来る。入口に一番近い所におれいのベッドがあって、そこに私は立っているのである。私は、急いでおれいに、また来るからと云い残して外に出た。廊下の両側が、何となく、ざわめいていた。病人の群の歩く足音かも知れない。私は、門を出てからも、暫らくの間は、おれいの病室のベッドとベッドの間を列《なら》んで動き出した病人の姿と、その中にじっと寝たままでいるおれいと、もう一人おれいの列の奥の方のベッドにいた病人の姿とが、目の前をちらついて、消えなかった。

郊外電車の駅のある町の入口で、暗い道の端を伝うように歩いて来る男と行き合った。その男は大きな包みを抱えて、片手に棒切れのようなものを持っているらしかった。私は擦《す》れ違う拍子に、その男の頸の曲がっている事を認め、すぐに病院の例の男だと思った。無気味な白眼が、暗い所でも、はっきりとわかる様な気がした。

私は二、三歩行き過ぎてから、すぐに気がついて、その男を呼び止めた。

「一寸、もしもし」

その男は、いきなり立ち止まったきり、一寸の間身動きしなかった。それから、急に振り向いたかと思うと、

「へい、お呼びで」と云いながら、迫る様にこちらへ近づいて来た。何だか、その身体の動かし方が、獣の様で無気味だった。

「病院の方《かた》ではないのですか」

「左様で御座います」

勘高い張りのある声で、切《き》り口上《こうじょう》の口を利いた。

「何か御用で」

「これから病院に帰るのですか」

「左様で御座います」

私は、おれいに蜜柑をことづけたいから、持って行ってくれないかと頼んだ。男はすぐに承知して、私と一緒に店屋のある方まで引返して来た。

「旦那はあの方の御親戚《ごしんせき》でいらっしゃいますか」

「親類と云うのではないけれども、まあ身寄りのものです」

「左様で、どうも誠にお気の毒な方で御座います。この二、三日またお悪いようで、昨晩など随分心配いたしました」

「昨夜どうかしたのですか」

「へい、御存知御座いませんですか。夜遅く急に廊下をお歩きになりまして、手前がお見かけしたものですから、病室にお連れしようと致しますと、基督《キリスト》様を拝むのだからと仰しゃって、手前を押し退《の》ける様になさるのですが、どうも大変な力で、どこからあんな力が出ますか」

私は、蜜柑を託して、その男と別れてから、帰る途途《みちみち》、昨夜の話を思い出す度《たび》に、身ぶるいがした。私には、あの病院が無気味になって来た。そうして、その中に寝て、不思議な勘違いをしているおれいの事を思うと、なお一層、恐ろしい気持がした。

この頃毎日夕方に風が吹いて、じきに止《や》んでしまう。風の止んだ後が、急に恐ろしくなって、部屋の中に身をすくめた儘《まま》、私は手を動かす事も出来ない。しんとした窓の外を人が通る時は、閉め切った障子を透かして、その姿がありありと見える。静まり返った往来に、動くもののない時は、道を隔てた向うの土塀《どべい》が、見る見る内に、私の窓に迫って来る。私は、はっと気がついて、己に返る。すると自分の中年の激情が、涸《か》れつくす迄も愛した事のあるおれいの、今の青ざめた顔が目に浮かぶ。私はすぐにもおれいに会いたくなる。

電車から降りたところの肉屋で、カツレツの柔らかいのを一片《ひときれ》揚げさして、すぐ食べられるように、細かく庖丁《ほうちょう》を入れて貰い、経木《きょうぎ》で包んだ上を、新聞にくるんで、その包を懐《ふところ》の肌にじかにあてて、温《ぬく》りがさめない様にして私は病院に急いだ。

午飯《ひるめし》に間に合うようにと思ったのだけれど、或《あるい》は少し早過ぎたかも知れない。晴れ渡った空に、遅い渡り鳥の群が低く飛んでいる。

私は廊下を伝って、その四辻を、いつもの通り、右に曲がろうとした。すると、そちらの廊下に、大勢の病人が、椅子《いす》に腰をかけたり、しゃがんだり、中にはその上に寝たままの寝台を入口から半分ばかり引張り出したりしている。そうして、その廊下の突き当りには、いつぞや応接室で顔を見た背の高い男が、テーブルを前に置いて、立っている。何か話しているらしい。院長さんに違いない。院長さんが、説教しているところだろうと思ったから、私は遠慮して中に這入らなかった。

間もなく院長さんは、テーブルの前に腰を掛けた。そうして、その上にある痰壺《たんつぼ》のようなものを手に取った。院長さんは咳をしている。その間、廊下にいる病人達は、黙って身動きもしないでいる。廊下の外の中庭には、秋の陽《ひ》が、さんさんと照っている。

それから、また院長さんが立ち上がった。力のない声の響が、その廊下の角《かど》になった所に立っている私にも聞こえて来た。

「それで皆さんどう思う。お金はないのだ。有っただけは、みんなお米に代えて、みなし児に食わしてしまった。もうお米もない。一粒もない。明日は、明日となれば、もう、いよいよだ。十人の孤児に食わせる物がないのだ。飢え死だ。石井さんは十人の孤児を連れて、操山と云う山に登って行った。山は天に近いのである。自分達のお祈りの声が、少しでも神様に近く聞こえるように、と石井さんは思ったのである。操山の頂で、孤児達と共に、声を合わせて、一心不乱にお祈りをする。最早《もはや》神様におすがりするより外に道はないのである。しかしまだ奇蹟は現われない」

私の後《うしろ》で、人の気配がするから振り返ったら、頸の曲がった男が、私にお辞儀をしていた。副院長さんが、後でいいから、私に用があると云う言伝《ことづて》なのである。それから、この間の蜜柑を持って帰ったら、おれいが非常に喜んだと云う事を付け加えて、さもさも古くからの知り合いである様な態度で私に話しかけた。

私は、今こうして待っている内に、その用事を聞いて置こうと思って、すぐに副院長のところへ行った。

「先程入らしたところを、お見受け致しましたので、一寸お耳に入れて置きたいと存じまして」と副院長は云った。おれいの容態は益《ますます》よくない。今日明日のうちにも、重症患者の部屋に移さなければなるまいと思っている。就《つい》ては万一の急変のあった場合、病院の保証人になっている抱え主と姉の許《もと》には勿論《もちろん》知らせるけれど、外に身寄りもない様だから、差支《さしつかえ》なければ私の所にも知らせようか。病院としては、電話の連絡が出来れば、そう云う場合、出来るだけ早く来られる人に来て貰いたいのだ、と云う話であった。

私が、取次の電話の番号を紙片に書いている時、遠くの方から、低い合唱の声が聞こえて来た。それは直ぐに止んで、それからお祈りの声が、廊下を溢《あふ》れる様に流れて来た。

私は、自分の体温と同じ位になったカツレツの包を抱いたまま、おれいの病室に行った。もう院長さんのお話は終って、廊下の病人もみんな自分達の部屋に這入っていた。

おれいの目は光っていた。

「今お祈りがありましたの」と云って、何か口ずさむような様子をした。

「私、初めは、もう一度だけでいいから、よくなって、この病院を出たいと思っていましたけれど、今は、もうこの儘《まま》死んでもいいと思いますわ」

「そんな事を云ってはいけない。早くよくなるつもりで元気を出さなければ駄目だ」

「いいえ、私もうちっとも怖くないんですの、天国と云うところが解って来ましたの」

「僕は今日カツレツを持って来たんだよ。さめるといけないから、懐の中にしまってあるんだ」

「まあ」と云って、おれいは素直に笑った。

「本当にすみません。でも少ししか頂けないから、つまんないわ」

「あんまり食べすぎて、お腹《なか》をこわしても困るから、少しの方がいいだろう」

「でも折角《せつかく》頂いたのに」

私は懐からカツレツを出して、温かい包のまま、おれいの手に握らせた。

「今度は、さめない様におれいさんの蒲団《ふとん》の中に入れておきなさい。熱があるから、きっと僕より温まるよ」

「本当ね」と云って、おれいは美しく笑った。そうして、その包を布団の中に入れてしまった。

いつぞやの小さな看護婦が来て、私に、

「恐れ入りますが、一寸」と云った。

一緒について出ると、廊下の角の所で看護婦は立ち止まって、

「あの、先程副院長先生が申し忘れましたけれど、今日は患者さんとのお話しを、なるべく短くして頂くようにと、そう申上げて来いと云われましたので」

「ああそうですか、解りました。大分わるい様なお話しを、さっき伺ったのです」

「本当にお気の毒で御座います」

そう云って、看護婦は向うへ行ってしまった。

私は一旦病室に引返して、「何だか帰りに受付に寄ってくれと云うんだから、もう行くよ」と云って、その儘、廊下に出てしまった。

「そう、どうも」と云う微かな声が、後《うしろ》に聞こえた。

長い廊下を歩いているうちに、私は涙が眶《まぶち》をこぼれそうになった。まだ、玄関まで行かない時、食事の鉦が、じゃらん、じゃらんと聞こえて来た。

寒い雨の降り出した午後、私は自動車で病院に行った。

その日のお午前《ひるまえ》から、曇った窓の外に、おれいの気配がするらしく思われて、じっとし

ていられなかった。

自動車は、田舎道の凹《くぼ》みに溜まった雨水を、濡《ぬ》れた枯草の上に散らしながら馳《はし》った。所所にある森が、辺りの雨を吸い取って、大きな濡れた塊《かたま》りになったまま、ゆらゆらと揺れていた。

病院の長い塀にさしかかった時、私は不思議な気持がし出した。自動車が急に曲がって、雨に洗われた砂利の上を、門の中に辷《すべ》り込んだ拍子に、向うのぱっとした、明かるい光の中に飛び込んだような気がした。

病院の中は暗かった。玄関の衝立《ついたて》の陰には、昼の電灯がともっていた。式台を上がった所で、頸の曲がった男と顔を合わせた。

「降りますのに、大変で御座いますね」と云って、白い眼で私の方を見上げた。「病室をお移りになりましたが、お解りでしょうか」

「いやまだ知らないのです」

その男は、どう云うつもりか、わざとらしく、玄関前の植え込みに降り灑《そそ》いでいる雨の脚を眺めた後、こちらに向き直って、

「それでは、手前が御案内いたしましょう」と云った。

そうして、私と並んで、背中を曲げて歩き出した。

「御心配で御座いましょう。全くお可哀想で、あの寝台から落ちられた話は、御承知で御座いましょうか」

私は、はっとして、顔の色の変ったのが、自分でわかる様な気がした。

「それは、いつの事ですか」

「はい一昨晩の、まだ宵《よい》の口《くち》で御座います。いきなり御自分のベッドの上に起き直って、それから、そろそろとお立ちになったそうですが、同室の人が見て居りますと、妙な手つきで、胸に十字を切って、そうして、ふらふらとベッドの上を歩き出されたと思ったら、もう床板の上に落ちて、気を失って居られたそうで御座います。何しろ重患の人ばかりなもんですから、それを見ていても、すぐに駆けつけて先生方にお知らせする事も出来ませず、一時は大変な騒ぎだったそうで御座います。知らせがありましてからは、すぐに手前も駆けつけまして、ベッドの上には手前がお寝かせしたので御座いますが、どうも何か、エス様のお話しを聞き違えていらっしゃるらしいとか、先生方の御話しで御座いました。昇天でもなさるおつもりではなかったか知らと云う様な事を、皆様で御話しになっていらっしゃいました。それにお熱も御座いますし、全くお気の毒に存じます」

以前の病室に曲がる四辻を通り越して、ずっと奥まった片側に、重症患者の病室はあった。

た。

「こちらの端《はし》のお部屋で御座います」

「どうも有り難う。又病人がいろいろ御手数をかけて、本当に申しわけありません」

「どう仕《つかま》りまして、それでは、これで御免蒙《こうむ》ります」

私は、この変な男に抱き上げられているおれいの姿を思わず心に描いて、慌てて塗り消した。

今度の部屋は、小さくて、ベッドは四つしかなかった。窓際にあるおれいのベッドの傍には、年を取った付添いの女がついていた。

私は他の病人に会釈して、這入った。重症と云っても、みんな顔付は左程でもなかった。おれいも今の話の様な事があったにしては、あんまり変っていなかった。

「どうも、有りがと。今度はこっちにまいりましたの」と云って、おれいは一寸笑った。

「今度は上等だね」と私も笑った。「こないだは危《あぶな》かったそうじゃないか」

「ええ、皆さんに御心配かけちまって、私、いろいろ考えているんですけれど、なんにも知らないものですから、死ぬまでに考えきれるか、どうだかわかりませんわ」

「考えるって、何を考えるんだい」

「それが、何ってはっきりわからないんですけれど、でも私、今まで間違っていたと思いますわ。院長先生は、エス様の仮りのお姿なのよ。きっと。私がエス様の事を思ってると、いつでも、きっとなのよ、院長先生が、窓からお覗《のぞ》きになるんですもの」

「そうかも知れないけれど、おれいさんは昔からよく信心してたんだから、エス様も外の神様もおんなじ事なんだから、あんまり考え過ぎて、迷ってしまってはいけないんだよ」

「そうですわねえ、それで私、院長先生にお話しする事があるんですの、毎晩毎晩猫が鳴くんですもの。きっとあの白い猫が鳴くんですわ。何だって私、目をつぶっててもはっきり見えるんですのに、あの猫だけは、どこに隠れて鳴いてるのか知ら」

「それで一寸しばらくお話しをよしましょうね。後でつかれて苦しくなるといけませんからね」と付添の女の人が云った。

「ええ」と云って、おれいは、おとなしく目を閉じた。しかし、すぐにまた開けて、私の顔を見ながら、「カツレツおいしかったわ。でもほんのちょっぴり」と云って、また目をふさいだ。

そのうちに、おれいは、眠りかけたらしい。聞いている方の自分が息苦しくなる様な、速いおれいの息遣いを聞きのこして、私は病室を去った。

十二月二十五日、小春のようなクリスマスのお午《ひる》におれいは死んだ。付添の看護婦に蜜柑の皮をむいて貰って、半分食べた儘《まま》、死んだそうである。

急変の知らせを受けて、駆けつけた時は、間に合わなかった。おれいは奉安室に移されていた。

（「中央公論」昭和八年二月号）

遊《ゆう》就《しゅう》館

午過《ひる》ぎから降りつづけていた雨が、急に止《や》んだ。

しかし辺《あた》りは、さっきよりも暗くなって、重苦しい雲が、廂《ひさし》の上まで降りているらしかった。

いきなり玄関で大きな声がするから出て見たら、土間《どま》の黒い土の上に、変な砲兵大尉が立っていた。

「野田先生でいらっしゃいますか」

大尉はそう云って頭を下げた。

そうして、長靴を脱いて、私の部屋に上がって来た。

「どう云う御用なんでしょう」

と私がきいて見た。大尉の顔は黄色くて、蒼味《あおみ》を帯び、頬《ほお》の辺りが濡《ぬ》れたように光っていた。

「今般東京へ転任になりましたので、伺いました」

しかし私はこの大尉に見覚えがなかった。

「東京も変りましたですな。この辺りもすっかり様子が違って居りますので。先生はいつもお達者ですか」

「はあ有り難う」

私は曖昧《あいまい》に答えた。大尉は黄色い手を頻《しき》りに動かして、そこいらを撫《な》で廻すような風をした。

「今後とも御指導を願います。実は昨日九段坂《くだんざか》でお見受け致したものですから」

私は驚いて、大尉の顔を見た。私は昨日一日何処《どこ》にも出なかった。しかし、九段坂と云われて、何だかひやりとする様な、いやな気持がした。

大尉は冷たい目をして、何時《いつ》までも私を見つめていた。私は次第に、からだが竦《すく》んで来て、無気味な胸騒ぎがした。

その内に、何処か遠くの方で、歌を歌う声が聞こえ出した。しかし、それは男の声とも女の声とも解らなかった。或《あるい》は、歌ではなくて、泣いているのかも知れなかった。

すると、大尉の表情が段段に変って来るらしかった。狭い額が青褪《あおざ》めて、頰の光沢も拭《ふ》き取った様に消えてしまった。

私は急に恐ろしくなって、声をたてようと思ったけれども、咽喉《のど》がかすれて、口が利けなかった。

物凄い雨の音に驚いて気がついて見ると、私は顔から襟《えり》にかけて、洗ったように汗をかいていた。何処かで、ぽたぽたと天井に雨の洩《も》る音がしていた。さっきの大尉はいなかった。しかし、誰かがいたらしい気配は残っていた。大尉がいきなり立ち上がりそうにした恐ろしい姿が、いまだに私の目の先にちらつく様に思われた。

私は大風の中を歩いて、遊就館を見に行った。

九段坂は風の為に曲がっていた。又あんまり吹き揉《も》まれた為に、いやに平らに、のめのめとして、何処が坂だか解らない様だった。

そうして遊就館に行って見ると、入口の前は大砲の弾と馬の脚とで、一ぱいだった。

私はその上を踏んで、入口の方へ急いだ。ところどころに上を向いた馬の脚頸が、ひくひくと跳ねていた。そうして私の踏んで行く足許《もと》は、妙に柔らかかった。柔らかいのは、馬の股だろうと思うと、そうではなくて、大砲の弾の上を踏んでも、矢っ張りふにゃふにゃだった。

遊就館の門番には耳がなかった。

その傍をすり抜けて中に這入《はい》って見たけれど、刀や鎧《よろい》は一つもなくて、天井まで届くような大きな硝子《ガラス》戸棚の中に、軍服を着た死骸が横ならべにして、幾段にも積み重ねてあった。私は、あんまり臭いので、急いで引き返そうと思うと、入口には耳のない番人が二人立っていて、頻《しき》りに両手で耳のない辺りを掻《か》いていた。

どうして出たか解らないけれども、やっと外に逃げ出して、後を振り返って見たら、電信柱を十本位つないだ程の長さで、幅は九段坂位もある大きな大砲が、西の空に向かって砲口から薄煙を吐いていた。

木村新一君が、田舎《いなか》の女学校に赴任すると云うから、別盃を汲《く》む事にした。木村が案内すると云うので、ついて行ったら、九段坂下の、今までそんな横町がある事も知らなかった様な小路《こうじ》の奥の料理店に這入って行った。

私は忽《たちま》ち酔ってしまった。

木村も真赤な顔をして、眼鏡を外《はず》した。

「Ich ging einmal spazieren, 少少上《うわ》ずってもいいでしょう。ふん、ふんか。Mit einem schönen Jungen.」

彼は変な足つきをして、立ち上がりそうにした。「あっと、しまった。ふん、ふんを忘れていたよ」

「ええと、それでと」私は確かな様なつもりで問いかけた。「いつ立つのです」

「二十九日ですよ。今日は七日だから、間を一日おいて、つまり明後日さ」

「早いねえ」

「早くないねえ」

「早いよ」

「早くないよ」

「遅くはなかろう」

「遅いよ」

彼は急に血相を変えて、私に立ち向かおうとした。

すると、いきなり襖《ふすま》が開いて、砲兵大尉が這入って来た。つかつかと私の前を通り過ぎて、上座の方に坐った。そうして、私に向かって挨拶《あいさつ》をした。

「一つ頂きましょうか」

大尉は私に盃の催促をしながら、じっと木村の顔を見つめていた。

「如何《いかが》です」と、いきなり木村が盃をさした。そうして、暫らくは二人で献酬を続けながら、立て続けに飲んだ。

私もまた、それを見ながら、一人で飲み続けた。

「おい木村君」と私が云った。自分でびっくりする様な大きな声が出た。「この大尉君は変だぜ」

「野田先生」と大尉が穏やかな調子で呼びかけた。「そんな事を云わるるものじゃありません。今日始めてお目にかかったつもりで、一つ如何です」

そうして、私に盃をさした後の手を、変な風に振り廻した。その手の色は、真黄色だった。

「野田さん」と、今度は木村が怒鳴った。「愉快だねえ、僕はもう東京とお別れなんだ。しかし愉快だねえ」

「やりましょう。大いに飲みましょう」と大尉が腰を浮かして云った。「お別れに一つ今晩は私が持ちましょうよ」

そう云ったらしかった。

そうして、三人とも立ち上がってしまった。

大尉の自動車に乗って、私共は薄明りの町を何処までも馳《はし》りつづけた様だった。そのうちに窓に射《さ》すいろいろの物の影が、次第に曖昧《あいまい》になって来たと思ったら、急に明かるい玄関の前に止まった。

何時《いつ》の間にか、私共の前に御馳走がならんで、奇麗な芸妓がお酌をした。

大尉はじろじろと人の顔を見ながら立ち上がった。そうして妙な足拍子を取り、時時ぱちぱちと手をたたいて歌を歌った。

私は、何か思い出しそうな気持になって、辺りを見廻した。開けひろげた縁側の向うは、真暗だった。

大尉の歌は、雨のざあざあ降った日に、どこかで聞こえた歌の様に思われ出した。

すると、大尉は急に踊を止めて、私の前に坐った。そうして、黄色い手を伸ばして、私の頸を抱くようにした。

「あら、あら」と云って、芸妓がその手を払いのけた。「こんりりゅうに木くらげ、聯隊旗は梯子段《はしごだん》、およしなさいよ」

そう云って見えを切ったけれども、私には何の事だか解らなかった。

それから、どの位酒を飲んだか、もう覚えなかった。暗い庭の奥が、あちらこちらで、ぴかりぴかりと光った。

芸妓が段段美しくなるらしかった。しかし、どうかして立ち上がった時に見ると、無闇に背が高くて、頭の髪が天井につかえそうだった。

木村はもうさっきから、坐った儘《まま》、首を垂れて、寝込んでいた。

「おい、おい」と、大尉が急に恐ろしい声で呼んだ。木村は肩の辺りをひくひく慄《ふる》わせた。

「おい」と、もう一声大尉が云った。

木村は棒立ちになる様な格好をした。その顔は真蒼だった。

大尉は急に私の方を振り返った。

「野田先生」と云った。「お迎えが来て居ります」

すると芸妓が、慌《あわ》てた様に立ち上がった。そうして、私の肩を摑《つか》んで座敷の外に連れ出した。

自動車は、私を乗せて、真暗な川の上ばかりを馳った。黒い水が、前後左右でぴかりぴかりと光っては消えた。

夜通し風が吹きすさんで、窓の戸を人の敲《たた》くような音が止まなかった。

私は、頻りにその音に脅やかされながら、それでも、うつらうつらと眠りつづけた。

不意に、獣のなくような声が、妻の口から洩れるのを聞いて、私は目を醒ました。

妻は、眶《まぶち》をぴりぴりと震わせながら、少し開いた唇の間から、無気味な声を切れ切れに出している。

私は、あわてて妻を起こそうとした。

二声三声「おい、おい」と呼んで見た。

妻は、その獣のような声で、私に応《こた》えるらしかった。

私は益《ますます》あわてて、妻を呼び醒まそうとした。片手を伸ばして、肩の辺りをゆすぶった。

その途端に、「ぎゃっ」と云う、得体の知れない叫び声をあげて、妻は目を開けた。

「ああ怖かった」

妻はそう云うと同時に、大きな溜息《ためいき》をついた。寝たなりで、手足をがたがたと震わしていた。

「どうしたんだい」と私が聞いた。私も恐ろしさに、身内がふるえる様だった。

「あんまり怖い夢だから、もう一度云うのいやだわ」

「いやな夢は話してしまった方が、いいんだよ」

「でもねえ、あんまり変な夢だから、あたしの傍に死骸が寝かしてあったのよ」

「だれの死骸だい」

「それは解らないの。顔なんか、はっきり解らないけれど、何でも大きな死骸よ」

「それで魘《うな》されていたのかい」

「いいえ、そうじゃないの、暫らくすると、おお厭《いや》だ」

妻は平手で顔を撫《な》でた。

「暫らくすると、その死骸が少し動いたらしいの。あたしの方に向くらしいの。それから見ているとだんだん段段に動き出して、あたしの方に手を伸ばすから、あたし怖くって、胸苦しくて、その時きっと声を出したんでしょう」

「それから、どうした」

私は、聞いている内に、次第に不安になって来た。

「それで、あたし逃げようと思って、身もだえするんですけれど、からだが動かないから、一生懸命に叫んでいましたの。すると、その死骸が段段に起き上がって来て、あたしの方にのしかかる様になって、次第に手を伸ばして、おお厭だ」

「どうしたんだ」

「あたしの肩のところを押えたと思ったら、一時に大きな声が出て、それで目がさめたんですわ」

妻は、ほっとしたような様子で、少しからだを起こしかけた。その拍子に、私の顔を見て、ぎょっとした様に云った。

「まあ、真蒼よ。どうかなすったの」

目が醒めて見ても、まだ夜だった。

私は又眠った。

風の音は段段に静まる様だった。

不意に辺りが森閑として、水の底に沈んだような気持がした。そうして目がさめたら、漸《ようや》く窓に薄明りがあった。

しかし私は、まだ眠った。

そうして眠りながら考えた。

大尉も、死骸も夢だったに違いない。死骸は妻の夢で、大尉は私の夢なのだろう。

しかし、木村新一君はどうしたか知ら。

あの庭の暗い料理屋の座敷で、大尉と芸妓と三人で、何をしたろう。

それで、私が考えて見ると、木村君はきっと大尉に殺されたに違いない。

それとも、それも矢っ張り、何人《たれ》かの夢の続きなのか知ら。

そうすると、事によったら、自分が先に、何人かの夢の中で、殺されたのではないだろうか。

しかし、他人の夢で殺されたとすると。

でも、そんな事は解らない。

妻は臭いとは云わなかった。

それで私が考えて見ると、この手がいけないのだ。どっちの手だったか知ら。右だ、右だ。右手ばっかり、ずらずらと、九段坂の柵《さく》の上に立てて見たら、素敵だな。

みんな手頸から先が動いている。

動いては困る。無気味でいけない。

しかし兵隊が敬礼している。

そんなら構わないのだ。

そうして私は考える事を中止した。安心して、ぐっすり寝込んだ。

木村君は、東京駅から、朝の急行でたつと云った様だったから、私はその時刻に、見送りに行った。

晩春の空が晴れて、時計台の塔の廻りに鳩が飛んでいた。

時間の前になっても、木村君は来なかった。

私の外《ほか》に、見送りの人もあるのだろうと思ったけれども、どの人がそうなのだか、見分けがつかなかった。

事によると、省線電車に乗って来て、すぐにプラットフォームに出るかも知れなかった。

私はあわてて改札を通って、汽車の止まっている所に行って見た。

しかし、そこにも木村君はいなかった。

大勢の見送りの人人の中に、私の知った顔は一つもなかった。

私は二、三度、その人ごみの中を縫って、汽車の端から端まで歩いて見た。

花束を持って、窓の前に立っている人があった。その花束の中に混じっている、二、三輪の真赤な花が、小さな焰《ほのお》のように、少しずつ伸びたり縮んだりする様に思われた。

急に汽車が動き出して、忽《たちま》ち前が明かるくなった。私は汽車のいなくなった線路の上にのめりそうになって、やっと踏み堪えた。

終点で電車を降りて、少し行った道の突き当りに、支那料理屋があって、恐ろしく大きな支那人が、入口に突立《つった》っていた。

私はその中に這入って行った。

すると、黒いじめじめした土の、だだっ広い土間の奥に、今私が入口で見たのと、同じような支那人が、黙って突立っていた。顔も大きさも、ちっとも違うところはない様だった。だから同一人かとも思った。しかし、そんな筈《はず》はなかった。

その支那人が、不意に、にこにこと笑って、私の傍に来た。そうして注文をきいた。

私は汚い椅子に腰をかけて、考え込んだ。

折角さっぱりした気持になったと思っていたのに、矢っ張りそうは行かないらしい。

木村はどうして立たなかったのだろう。又この家の支那人の事も気にかかる。

私の誂《あつら》えた料理を一つ宛《ずつ》持って来出した。私は、それをみんな、おいしく食べた。私は朝から食事をしないので、腹がへっている。

私は、支那の酒が飲んで見たくなった。

向うの棚の、赤い紙を貼《は》った罎《びん》に、五加皮酒と書いてある。それをくれと云ったら、支那人が「ない」と云った。その隣りに、青紙を貼って牛荘高梁酒と書いてある。それでもいいと云ったら、又「ない」と答えた。そうして、

「兄さん、朝から腹へらして帰って来た。別嬪《べっぴん》さんにもてたろう」と云った。

私は黙っていた。

「でも兄さん、心配事ある。その相あらわれている。お友達死んだろう。お気の毒した」

私は支那人の顔を見た。支那人は、にこにこして、私を見下ろしていた。

九段坂を上がって行くと、大鳥居に仕切られた中の空が、海の色のように美しかった。両側に並んだ桜の葉にも、幹にも光があった。

私は、奇麗に掃き清めた石畳の上を踏んで、遊就館の入口に立った。

「こっちへ来たまえ」と云う低い声が聞こえた。

驚いて辺りを見たら、石畳の向うに、一人の憲兵が立っていた。私がその方を見た時に、もう一度同じ調子で「こっちへ来たまえ」と云った。

しかし、憲兵はそう云いながら、顔の筋一つ動かさなかった。左足を心持ち前に出して、さっきから同じ姿勢のまま、立像のように突立っていた。

私の横をすり抜ける様にして、鳥打帽を手に持った一人の小僧が、自転車を引張りながら、ひしゃげた様になって、憲兵の前に近づいて行った。

憲兵は、くるりと向きをかえた。そうして、小僧を引き立てるようにして、向うの方へ行ってしまった。

私は、入口でどうしようかと考えていた。

一度この中を通り抜けたら、さっぱりするに違いないと思った。そんなに恐ろしいものが有る筈《はず》のない事は解っていた。

しかし、又その為に、理由もないこだわりを増す様にも思われて、気が進まなかった。

しかし、到頭私は這入った。

中は思ったよりも狭く、そうして明かるかった。

弓矢や旗や鎧《よろい》などの列《なら》んでいる間を、駆け抜ける様にして通った。

大きな硝子戸棚ばっかりだった。

人間と同じ大きさの人形が、昔の武装をしていた。

抜き身を何百も列《なら》べた前を通る時は、顔や手先がぴりぴりする様だった。

私は殆《ほとん》ど駆け出す様な勢で、陳列戸棚の間を抜けた。

雨外套《あまがいとう》のような上張《うわっぱ》りを着て、板草履を穿《は》いた番人が、胡散《うさん》臭そうな目で、私を睨《にら》んだ。

鉄砲の間を抜けて、模様入りの大砲の前を通って、もう出口になる所で、私はちらりといやなものを見た。

丁度物蔭になって、明かりのよく射さないところに、図抜けて大きな硝子戸棚があった。

その中に、軍服を着た人形が、五、六人立っていた。しかし、大きさから云っても、様子を見ても、どうしても人形とは思われなかった。ただ外に出ている顔や手の色が、妙に黄色かった。

私は、急に嘔《は》きそうな気持がした。

急いで外に出る時、出口の番人が、あわてた様な目をして、私の顔を見た。

その翌《あ》くる日、私は郊外の木村君の家へ行って見た。

門の扉に貸家札が貼ってあった。

私は隣りの玄関に立って、きいて見た。

長い顎鬚《あごひげ》を垂らした老人が出て来て、云った。

「木村さんは、さよう、もう十日余りも前にお引払いになりましたよ」

「それから直ぐに田舎へたたれたのでしょうか」

「さようです。私共でも伜《せがれ》が御世話になって居りましたので、お見送り致しました」

「十日も前ですか」

「さようです。彼れ此れもう二週間にもなりますかな、ええと」

そう云って、老人は顎の鬚を引張りながら、考え込んだ。


（「思想」昭和四年十月号）

影

私は忌ま忌ましいけれど、矢っ張り甲野にどこかの口を頼み込むより外《ほか》に、方法がなかった。

或《あるい》は、甲野の方では、君のお世話は、もう御免だと云うかも知れなかった。

しかし、私としては、そんな事は云わせないつもりだった。今度の解職は、一つに甲野の所為《せい》だと、私は思っている。

夕方から烈《はげ》しくなった風が、暗い横町を吹き抜けて、時時むせ返るような砂の匂いがした。

私は甲野の玄関に立って、案内を乞《こ》うた。

点《とも》しっ放しらしい十燭《しょく》ばかりの電球が、土間の天井に輝いて、突き当りにたて切った障子の面を無気味に広く思わせた。

雨戸や塀《へい》の風に鳴る騒騒しい物音に交じって、どこかに亜鉛《トタン》の戸樋《とい》が廂《ひさし》か何かを敲《たた》くらしい音も聞こえた。

そうして私の声は中中奥に通じなかった。

私は額《ひたい》から頸筋《くびすじ》にかけて、気持のわるい汗をかいて居た。

その内に、どこかで襖《ふすま》の開く音がして、それと同時に、子供のばたばたと走る可愛らしい足音が聞こえた。玄関の障子をがたがたさせながら、やっと細目に開けたところから覗《のぞ》いたのは、三つばかりの髪の毛を長くのばした男の子だった。

すると、不意にその子の悲鳴が聞こえた。小さな獣のないた様な声だった。

私が驚く間もなく、その子はもう奥に駆け込んで、見えなくなっていた。細目に開いた障子の隙《すき》から見える奥は真暗だった。子供がそんな暗い中に走り込んだのが、不思議で堪《たま》らなかった。

暫《しば》らくしてから、漸《よう》く女中が顔を出した。そうして主人は不在だと云った。

「お留守なんですか」

「はい、お留守なんで御座います」

「まだお帰りにならないのですか」

「はい」

私はそんな筈《はず》はない様な気がした。居留守《いるす》をつかっているのではないかと疑った。

「そうですか」と暫らくたってから、私が云った。そうしてその儘《まま》玄関の外に出た。門の潜《くぐ》り戸を閉《し》めた時、自分でびっくりするような音がした。

甲野の家は、その並びに門構えの家ばかり四、五軒ならんで直ぐ角《かど》になり、その角について曲がった側にも、また門構えの家が四、五軒並んで又角になり、その側には一続きの長い塀があって、その尽きる処に大きな石の門が角に向いて建っていた。そうしてその門について曲がった側は半ば頃まで塀続きで、そこから先は空地《あきち》になっていた。その空地の角に大きな銀杏《いちょう》の樹があって、そこを曲がれば又甲野の家の前に出るのであった。

何と云うあてもなく、又どう云う気持と云う程のはっきりした意識もなく、私はその四角い地所について、薄暗い小路《こうじ》を一廻りした。そうして、もう一度甲野の家の前に出た時、私は急に得体《えたい》の知れない身ぶるいを感じた。後から追掛けて来た風が、不意に烈《はげ》しい勢になって、小さな砂の粒を私の頸にたたきつけた。

私は甲野の男の子を抱えて、土手の上を走っていたら、段段にその土手の幅が拡がって、止まりがつかなくなって来た。何だか大きな虫の腹の様だった。そうして、向うの方は拡がりながら、少しずつ右左に動くらしかった。それを見ているのが息苦しかった。

私は甲野の子を抱いたなり、もがき廻っているうちに、ふと夢が切れた。夢の中の息づかいが、目のさめた後もまだ聞こえる様に思われた。もう夜明けが近いらしかった。部屋の向うの隅に子供を抱いて寝ている妻の顔が、不思議な程、長く見えた。

間を一日おいて、その次の日は朝から夕方の様な明かりが射《さ》していた。低い空は一日じゅう屋根の上を動かなかった。私は午後から思いたって、乙川さんの許《もと》を訪《たず》ねた。空と町とを包み込んだ黒雲のようなものの中を行くのが、何故《なぜ》と云うこともなく私の心を躍《おど》らすらしかった。

私は、この間一度、乙川さんを訪ねて、金の事を頼んでおいた。外に考え浮かぶあてもなく、しかしその儘《まま》にはすまされない必要に迫られていたので、もう五、六年も会ったことのない乙川さんの許に足を運んで見た。

その時、乙川さんは、直ぐにと云っては困るけれど、その内何とかなる様だったら都合しよう。余りあてにしてくれては困ると云った。しかし、私としては、あてにしないで待つわけには行かなかった。もし駄目なようだったら、たとえ半分だけでもいいから、早く借りたかった。近所の御用聞《ごようきき》などにも不義理が重なり、今、差し当り幾らかの金を手に入れなければ、毎日を過ごすにも色色差しつかえるのであった。

「度度《たびたび》御足労をかけてすまないけれど、どうも、うまく行きそうもありませんよ」

と乙川さんが云った。

「何とかなりませんでしょうか。本当に困り切ってるのですから」

「御事情は御気の毒だと思いますが、しかしどこのうちでも、困るのは同じですよ」

「いや、そんな事とは丸で程度が違うのです」私は、いらいらして云った。「単に困ると云うのとは違うのです」

乙川さんは、黙って私の顔を見た。何だか云いかけた事を止めたらしかった。硝子《ガラス》戸の向うに見える塀の上にかぶさった雲の色に、恐ろしい斑《まだら》が出来ていた。

「時に」と暫らくして乙川さんが云った。

「甲野君のところでは、お気の毒なことをしましたね」

「どうしたのです」

「昨日、坊ちゃんが亡くなったそうですよ。君のところには、知らせませんでしたか」

私は、あわてた目で乙川さんを見たらしかった。そうして、驚いてその目をそらした。

昨夜の夢、一昨日の泣き声が、ちらりと心に浮かびかけた。それもあわてて塗り消した。

そうして私は、何故そんな事にあわてるのだか、自分でわからなかった。

乙川さんは私の顔を見ながら云った。

「そうですか、君のところには知らせなかったのですか。何でもその前の晩に君がいらした時、坊ちゃんが、いきなり走り出して行ったとか云うんじゃありませんか」

乙川さんは、そんな事まで知っていた。

「それから急に熱が出て、何でも疫痢《えきり》のような症状だったそうです。奥さんは、いろんな事を気にしているらしいですよ」

「どんな事です」

「甲野君が君の恨みを買ったものだから、と云う様な話なのさ。坊ちゃんには、君の顔が何か怖《こわ》いものに見えたらしいのですね」

「どうもこれは大変な事になるものですね。うっかり人の家を訪ねる事も出来ませんね」

そう云って私は笑った。そうして、笑いながら、相手の目色を窺《うかが》わずにいられなかった。

丙田の出ている雑誌社の校正を手伝わして貰《もら》おうと思いついて、私はその推薦を頼みに、もう三度も彼の家を訪ねたけれど、いつも留守だった。細君には、是非至急に会いたいのだからと云う意味の伝言《ことづて》を頼んでおいたのに、その後何の挨拶《あいさつ》もなかった。

最後に、矢張りその意味の葉書を書いて、速達郵便で出したら、それから二、三日して、やっと返事の葉書が着いた。それと同時に乙川さんからの手紙も来た。

丙田の葉書は鉛筆で書いてあった。私はその文面を見て、持って行きどころのない腹立たしさを感じた。

「何時《いつ》も出違えて失敬。近来殊《こと》の外多用の為不悪《あしからず》。明後日金曜日の夕方なら一寸《ちょっと》繰合せますから、五時より五時半迄《まで》の間に、終点の西側にある巽《たつみ》喫茶店でお会いしましょう。五時半迄にお見えがなかったら、僕は他に用事があるから出かけます」

乙川さんのは代筆と謝《あやま》って、先日来急性肺炎の為近所の病院に入院している。熱はやっと下がったけれど、まだ何方《どなた》にもお目に掛かれない。先日のお話の一件は、そう云う事情だから一先ずお断りする云云《うんぬん》と云うのだった。

私はその手紙を見て、人に云われない恐ろしい気持がした。同時に又、捉《とら》えどころのない、いやな、嘔気《はきけ》に似たものが、その恐ろしさに交じっているのを、漠然《ばくぜん》と感じた。

終点で電車を降りる時、電車の踏段の下にある地面が、急に遠のいた様に思われて、私は足許が、がくがくした。夕方の曇った空は、死んだ鰻《うなぎ》の腹のようだった。その下を、大きな鳥が二羽ならんで、はたはたと翔《と》んで行った。

向うの角で、犬が吠《ほ》えていた。そう思えば、もうさっきから、吠え続けていたようでもあった。しかし、今気がついて見ても、その犬はどちらを向いて吠えているのだか、よく解らなかった。ただ、大きな口を開いたまま、顔を振り振り無気味な声で叫びたてている様にしか思えなかった。

私は暫らくその犬の方を見ていた。犬は段段尻尾《しっぽ》を下げて行った。同時にその顔が、何となく凄《すご》くなって行くらしかった。

私は急に不安になった。ぎょっとした様な気持で、あわてて犬から目を外《そ》らした。

犬は俄《にわ》かに私の方に迫るような気配を見せた。

私は、自分が扉を開けて這入《はい》った拍子に、今までがやがや騒いでいたお客達の声が、一度に静まり返ったのではないかと疑った。

丙田の姿はどの卓子《テーブル》にも見えなかった。

奥の方の空《あ》いた卓子に案内せられて行く間、人人は申し合わせた様に私の後を見つめているらしかった。向う向きに腰をかけていた女給が後を振り返った。その白い顔は普通の大きさの倍もある様に思われた。

「今日は何だか、むしむしますのね」と私の前に立った女が、卓子に両手をついて云った。顔も手も、ふわふわした、輪郭のない女だった。

「お花見は、どちらかいらっしゃいまして」

「いや行かない」

「あら、つまりませんのね。御酒ですか」

「いや一寸《ちよつと》待ってくれたまえ。今友達が来るのだ」

私はそう云って、云いわけらしく壁の時計を見上げた。自分で酒を飲む程の金は、私の懐《ふところ》にはなかった。

辺りがまた段段に騒騒しくなるらしかった。外から射《さ》し込む夕方の光と、天井の電灯とが、人人の顔と床の上とに曖昧《あいまい》な影を散らしていた。

丙田は這入って来るといきなり、

「やあ失敬失敬、随分待ったかい」と云いながら、女給に酒を註文した。

「君も飲むだろう」

「飲んでもいいけれど、君はまだ忙しいのじゃないか」

「忙しいには忙しいさ。しかし先《ま》ず御神酒《みき》で厄払《やくばら》いしておかないと、怖いからね」

「何故《なぜ》」

「何故って、甲野の子供は死ぬし、乙川さんは危篤だし」

私は、はっとした。「一昨日手紙を貰ったけれど、もういいのじゃないのか」

「一時はよかったのさ。二、三日前に見舞った時なんざ平生通りの元気だったのだが、何でも昨晩辺りから、又急に悪くなったらしいんだよ」

「君は乙川さんに会ったのか。面会謝絶ではなかったのか」

「ううん、そんな事はないだろう。君には面会謝絶って云ったかい」

私は、変な気遅れがして、丙田の目を見返す事が出来なかった。丙田はいつ迄も私の顔を見ているらしかった。そうして、思い出した様に酒を飲んだ。

暫らくして、私は要件を切り出した。

「さあ、どうかな。話しては見るけれど、しかしいやだぜ、又僕に取り憑《つ》いては」

「何だい、それは」

「どうも近来君に見込まれた奴は、みんな変な事があると云う話だからな。矢っ張りよそうかな。尤《もつと》もそんな事を云うと、なおの事怨《うら》まれるかね」

「冗談じゃない」

私は、酒を口に持って行きながら、やっとそれ丈《だけ》の事を何気なく云って、急いで酒を飲み下した。

「いや、本当だよ。何でも甲野の子供は死ぬまで、怖いよ怖いよって、おびえてたそうだぜ」

「そんな事があるものか」

私は、自分の顔の白けて来るのが解った。

「兎《と》に角《かく》話しては見るよ。しかし、いや止《よ》そうかな。君、今謝《ことわ》ったら憤《おこ》るかい」

「君冗談じゃないよ。本当に僕は困ってるのだから、僕のうちの者の死活にかかわる事だから頼むんだよ」

「それそれ、それなんだ」と丙田が調子づいて云った。「君のうちの困ってるのが、みんな傍の者の所為《せい》の様になるんだって、誰だったか云ってたけれど、これで又僕もその仲間に入れられるんでは、全く御免だぜ」

「君はまあ少し酒を止めて、僕のことを本気に聞いてくれたまえよ。僕には笑い事じゃないんだからね」

私は不快な気持を制することが出来なかった。

「それは本当に同情するよ。君は今非運なんだよ。しかし、何だね、近頃は全く僕達の知ってる範囲に、不幸があり過ぎるじゃないか」

「本当だね」と私は止むなく云った。

「君もそう思うかい」

私は黙っていた。暫らくして、

「もう、よそう」と私が云った。不思議に冴え冴《さざ》えした気持だった。

「君もまだ忙しいのだろう」

丙田は、丁度酒の代りを持って来た女給が、二人の間に腰を掛けようとするのを断りながら云った。

「しかし、まあもう少し飲みたまえ」

そうして私の盃に酒を注《つ》ぎながら、急に顔色をかえた様だった。

「おい、君、さっきのは冗談だよ」と云った。

「うん、そんな事どうでもいいんだよ」と私が云った。

「おい君」と丙田の鋭い声が、もう一度私の耳に響いた。

傍の腰板に私の影が映っている。ぼんやりしたなりに、何ものとも解らない、いやな形だった。

私は、あわてて顔を振った。

影が崩れると同時に、私ははっとして、丙田の顔色を窺った。

「どうしたんだい」と丙田が不安らしく訊《き》いた。

丙田は、目にたつ程蒼い顔をしていた。

（「文學時代」昭和四年七月号）

亀鳴くや

一

三崎の海辺《うみべ》の崖の上のお寺に、いつぞやの大火の時、狭間《はざま》になった石垣と石垣の間の所で海風にあおられて千切《ちぎ》れた焔《ほのお》が、飛びついたので炎上《えんじょう》した。本堂が大きな火の玉になって、燃えながら崖から海の中にころがり落ちた。赤く染まった浪が黒い崖に打ち寄せて砕けている。

その景色を見たわけではないのに、何度でも私の脳裏にありありと映った。三崎へ行ったのは後にも先にもたった一度きりで、そのお寺の一室を借りて転地療養をしていた友人が喀血《かっけつ》した時、すぐに来てくれと云う電報で馳けつけたのである。

行った時は喀血はおさまっていたが、友人はひどくしょげて青い顔をして目ばかり光らせていた。翌日そのお寺から茅ヶ崎の病院へ移る事にきめたので、私も一緒について行く事にして、その晩はお寺へ泊まった。夕方になると、びっくりする様な綺麗な娘さんがお膳を運んで来た。お寺でも普通の生臭《なまぐさ》の御馳走で、鮑《あわび》の吸物が載っていた。

お膳の出る前に、友人が酒を飲むかと聞くから飲むと云ったので、お銚子も添えてあった。美人のお酌で一盞《いっさん》傾けて、友人の肺病もそう心配する事はない様な気持になった。あれはどう云う美人だと尋ねると、このお寺の娘さんだと云った。その時は秋であったが、夏の内、一高の生徒や大学生が水泳の合宿練習に来て、このお寺へも泊まる。そう云う連中の間にここの娘さんは有名であって、年年夏になるのを待ち兼ねて顔を見にやって来ると云うのであった。

それだけの話で、あくる日お寺を引き上げて茅ヶ崎に移ってから、友人は病床でその娘さんの面影を瞼にえがいたかどうだか知らないが、私は綺麗だったと云う記憶だけで、間もなくその顔貌《かおかたち》も忘れてしまった。それがどう云うわけだかその年の冬、新聞で三崎大火の記事を読んだ時、いきなりお寺が焼ける光景を想像し、お寺が燄の塊りになって暗い海へ落ちたと云うのは、娘さんの袖に火がついたのをそう云う風に思うのだと云う事を考えかけては自分で打ち消した。あの当時の芥川龍之介の事を思うと、すぐに三崎のお寺の火事の燄が頭の中でちらちらする。

二

田端の芥川龍之介君の家の二階には、梯子段が二ついていた様である。高みになった所に建った屋敷構えの大きな家であったが、二階は一間《ま》しかなかったのではないかと思う。或《あるい》は私の知らない裏の方にまだ二階の部屋があったのかも知れないけれど、庭の外から見上げた所では、いつも通される一部屋だけの様に思われた。

そこが芥川君の書斎で、又よく客を通した。私などが請《しよう》じられて梯子段を上がって行くと、硝子戸《ガラスど》の内側の廊下に出る。その右側が書斎である。廊下の先にもう一つ、向うへ降りて行く別の梯子段がある事は知らなかった。私は一度もその梯子段を上り下りした事はない。

芥川は、こちらから何を話しても、聞いてはいるらしいが、向うの云う事はべろべろで、舌が動かないのか、縺《もつ》れているのか、云う事が中中解らない。どうしたのだと尋ねると、昨夜薬をのみ過ぎたのだと云う。そんな事をしてはいけないだろうと云えば、それは勿論《もちろん》いけないけれど、そんな事を云うなら、君だってお酒を飲んで酔っ払うだろう、などと云って、そう云ったかと思うと、人の前で首を垂れて、眠ってしまう。

仕方がないから、様子を見ながらじっと坐っていると、又目をさまして、やあ失敬、失敬。つい眠ってしまった。だって君、そりゃ実に眠いんだぜと云って、少し笑った様な顔になったりする。

私は何しに来たのか、何か頼み事があったのか忘れたけれど、対坐していても埒《らち》があかないので、もう帰ろうと思った。失敬すると云って、起《た》ち上がりかけて気がついたのだが、帰りの電車賃の小銭がない。いい工合にそれを思い出した。その時はお金がなくて、電車賃もなかったと云うのではなかったと思う。蟇口《がまぐち》にいくらか持ってはいた様だが、何か来る時の首尾で、帰りには小銭を用意しなければならぬと思ったのを思い出したのである。

その時分の電車賃は五銭であったか、七銭であったか忘れたけれど、ゴールデン・バットの十本入りが五銭だったのが六銭に値上げしたのを、バットの愛用者であった芥川が気にして、バットは五銭でなければバットの様な気がしない、ねえ君そうだろうと云ったのを思い出す。だから電車賃も大体その見当だったに違いない。

僕はもう帰るけれど、帰りの電車賃の小銭がないと云うと、よろしい、一寸《ちよつと》待ちたまえと云って、ふらふらと起ち上がった。前にのめりやしないかと、こちらがはらはらした。よろよろした足取りで歩き出して、私がさっき上がって来た梯子段を降りて行った。

もう帰りかけていたので、私も起ち上がり廊下に出て、庭を見下ろしたり、向うの空を眺めたりしていたが、中中戻って来ない。下へ降りて来いと云うつもりなのか知らと考えているところへ、廊下の向うの端にあるもう一つの方の梯子段から、影が揺れる様な恰好でゆらゆらと上がって来た。夏の事で単衣物《ひとえもの》を著《き》ていたが、その裾《すそ》をはだけて脛《すね》を出し、そこに起ち止まったが一寸も静止しないで前後左右に揺れている。そうして私の前に両手を出した。両手の手の平をつなげて、その上に銀貨や銅貨を取り混ぜた小銭を盛り上がる程載せている。丁度米櫃《こめびつ》から両手に山盛りお米を掬《すく》って来たと云う様な恰好である。

その手を私の方へ差し出した儘《まま》、芥川自身も感心した様な顔をして眺めている。どうしてそんなに沢山持って来たの、と聞くと、蟇口を開けてうつしたら、こんなにあったのだよ。僕はこの中から摘《つま》む事が出来ないから、君取ってくれたまえと云った。

芥川の手の平から十銭玉を一つ貰って、手に持った儘、左様ならをした。芥川は一足書斎に這入《はい》って、黒檀の机の上で両手を開いたから、小銭がちゃらちゃらと散らかって、机から落ちたのはそこいらを転がった。

外へ出てからもその十銭玉を手に持っていて、電車通へ出て電車に乗り、切符を買って車掌に払った。

その時分、私は自分の家を出て、一人で早稲田の終点近くの下宿屋に息を殺していた頃であったが、下宿屋には電話があったので、十銭玉の一日二日後に芥川君が自殺したと云う知らせを電話で受けた。

三

私は山高帽子が好きで、何所へ行くにも山高帽子をかぶって出掛けた。仕舞には詰襟の洋服を著《き》て山高帽子をかぶっていたので、今から考えると少しはおかしかったかも知れない。しかし自分ではそうも思わなかった様である。だから平気でその恰好で人を訪ねたりした。それがどう云うものか、芥川には非常に気になったらしく、人の顔を見るといつでも、君はこわいよ、こわいよと云った。

二階の書斎に通されたが、主人の芥川はそこにいなかった。待っている内に、又後から来た客があって、二階へ上がって来た。三人連れでその中の二人は女である。知らない顔ではあるし、そこいらが混雑して来たから、私はその人達に一寸会釈だけしておいて、座敷の奥へ這入《はい》り、机が置いてある所よりまだ奥の本棚の陰になった壁際で、壁に靠《もた》れてじっとしていた。

大分たってから芥川が上がって来た。まだ元気のいい時で、そこにいる三人のお客に愛想よく話しかけている。面白そうな話しの調子を聞きながら、黙っていたけれど、その内に何か口を切るきっかけがあって、私はその壁際から、ねえ芥川君と云った。

途端に、坐ったなり飛び上がった様な恰好をした。

「あっ、驚いた」

大業《おおぎよう》な声を立てて、しかし真剣な顔つきでこっちを見た。

「ああ驚いた。こわいよ君。そんな暗い所に黙ってしゃがんでいては」

「しゃがんでいやしないけれど、だって僕は前からいるよ」

「それ、それ、それがこわいんだ、君。だまってるんだもの」

「差し控えてたんだ」

「真黒い洋服を著て、そんな暗い所で差し控えてなんかいられては、ねえ君、こわいよ。こわいだろう」今度は三人の客の方へ向いた。

その後は馬鹿にはしゃいで、無闇に論じたり弁じたりした。相手になって、ついて行かれない様な気勢で、口に唾を溜めて一人でしゃべり続けた。

どうも勝手が違う様な気がして、しかし別に用事もなかったので、三人の客より先に帰って来たが、芥川の身のまわりが何となくもやもやしている様で気味が悪い。

四

五月の初めの八十八夜の頃に芥川を訪ねようと思って出かけた事がある。どう云う道順を取って迷ったのか解らないが、知らない原っぱに出て、どっちへ行っていいのか解らなくなった。

夕方を早くして出かけたのだが、いつ迄たっても日が暮れない。まだ原の地面に青味を帯びた明かりが残っている。何所にでも草が萌え出る時候なのに、どう云うわけだか原っぱ一面の裸土で、ただ真中辺りに亭亭とした大きな樹が一本、夕空の中に聳《そび》え立っている。足許《あしもと》は明かるいけれど、見上げた大木の頂は暗い。私は段段に息苦しくなって、胸先《むなさき》が締めつけられる様で、なんにもない所に起っているのが不安になった。大木の根もとへ行って幹にもたれ、どうしようかと思った。

原の外《はず》れにある家並みの屋根の向うに丘らしい影が見える。芥川の家のある見当に違いない。原を突っ切って、そっちの方へ出られそうな道を探せばいいと思うけれど、そう思った方へ歩き出す事が出来ない。じっと起《た》っていても胸苦《むなぐる》しいのだが、そっちへ行こうと思うと、なお一層不安になる。

暫《しば》らく起ち竦《すく》んでいる内に、到頭日が暮れて原っぱが大きな闇の塊りになった。向うの家並みの間から洩れる明かりが点点と鋭く光り出した。光りの筋が真直ぐに私の目に飛んで来て、相図をしている様に思われる。不安で無気味で、こうしてはいられない。

到頭思い切って、田端の近くまで行ったのに思い止《とど》まり、その儘引き返して来た。あきらめて帰ろうとしたら、どこかで何だか鳴いている。曖昧《あいまい》で遠くて何の鳴き声かわからない。暗くなってから、急に辺りが暖かい様な気がし出した。帰ろうと思って歩き出したら、さっき程息苦しくはない。

五

芥川の親しくしている友人の頭が変になって、その筋の病院に入院したと云う事件はひどく芥川をおどかした様であった。人の顔さえ見れば、君は変だよ、気違いだよと云う様な事を口走った。

「そんな事を云うのは、君が病覚がないからで、ただそれだけの事であって、決して君が健全だと云う証明にはならない」と云いながら、人の目の中をまじまじと見た。

いつもの書斎で話していたら、話しの切れ目にこう云った。

「今日僕はそのお見舞に行こうと思うのだ。失礼だけれども、そこ迄一緒に出よう」

一旦下へ降りて著物《きもの》を著換えて来た。用意してあったと見えて、家の人から菓子折らしい風呂敷包みを受け取り、それを抱えて一緒に出かけた。

歩きながら、どんな風なのだと聞くと、段段落ちついているらしいんだ。しかし、ねえ、矢っ張りこわいよと云った。そうっとした様な声でそう云って、後は黙っている。

電車通へ出る角の二三軒手前に本屋があって、その中へつかつかと這入《はい》って行った。まだ左様ならをしない前なので、私も一緒に這入って見た。

店の中でこんな事を云った。僕の新らしい本が出たので、進上しようと思って取っておいたのだが、客が持って行って、なくなってしまった。自分の本を、本屋で金を出して買うのは変なものだね。第一、惜しいよ。

棚から「湖南の扇」を一冊抜き取り、硯箱を出さして帳場で署名してくれた。店の者が包み紙に包んでくれたのを私が受け取り、手に持って一緒に外へ出た。

お見舞の菓子折を抱えた芥川は、私の乗る電車とは反対の方向の電車に乗って行った。私の方の電車は中中来なかった。「湖南の扇」の包み紙が、持っている手の手あぶらで手の平に食っついた。

六

田端の家を訪ねて行く様になった初めの頃、二階の書斎に通されて待っていたけれど、いつ迄待っても上がって来ない。人を通しておいて忘れたのか知らと思い出した頃にやっと梯子段を上がって来た。

そこに突っ起った姿を見ると、黒紋付に袴を著《つ》け、白足袋を穿《は》いている。その装束《しょうぞく》で私の前に坐った。

「失敬、失敬。どうも、お待たせしちゃって。今日はこれから婚礼をするのでね」

面喰《めんくら》っていると、続けて、

「僕の婚礼なんだ」と云って面白そうに人の顔を見返した。「しかし、まだいいんだよ」

当時は芥川は横須賀の海軍機関学校の教官であって、私も一週一日ずつ出かけて行く兼務の教官であった。新婚の芥川君は鎌倉に居を構え、時時東京へ出て来た様であった。

その時分はまだ東京横須賀間の電車はなく、二等車は勿論、一等車も連結した汽車が走っていた。一等車も二等車も座席は今の様でなく、窓に沿って長く伸びていたので、私は横須賀の帰りに車中で靴を脱いで座席の上に上がり込み、窓の方に向いて端坐していた。

汽車が鎌倉駅に著いた時、偶然芥川君が新夫人を伴なってその同じ車室に這入って来たのを私は知らなかった。声を掛けられて振り向いた途端に、矢つぎ早に新夫人を紹介されたので、私は周章狼狽《しゅうしょうろうばい》して、腰掛けの上に坐った儘、そこに手をついて初対面の挨拶や祝辞を述べた。奥さんの方は車室に這入って来たばかりだから、勿論起った儘で、しかし私が正坐して挨拶しているので勝手が悪そうな工合で挨拶した。その光景を見て又動き出した汽車に揺られながら、芥川は身体を捩《ねじ》る様にして笑いこけた。

七

もう夕方だったかも知れない。薄暗い書斎の中で長身の芥川が起ち上がり、欄間《らんま》に掲げた額のうしろへ手を伸ばしたと思うと、そこから百円札を取り出して来て、私に渡した。お金に困った相談をしていたのだが、その場で間に合わして貰えるとは思わなかった。当時の百円は多分今の二萬円ぐらい、或《あるい》は大分古い話だから、もっとに当たるかも知れない。

「君の事は僕が一番よく知っている。僕には解るのだ」

と云った。

「奥さんもお母様も本当の君の事は解っていない」

それから又別の時に、

「漱石先生の門下では、鈴木三重吉と君と僕だけだよ」

と云った。

芥川君が自殺した夏は大変な暑さで、それが何日も続き、息が出来ない様であった。余り暑いので死んでしまったのだと考え、又それでいいのだと思った。原因や理由がいろいろあっても、それはそれで、矢っ張り非常な暑さであったから、芥川は死んでしまった。

八

亀鳴くや夢は淋しき池の縁。亀鳴くや土手に赤松暮れ残り。

（「小説新潮」昭和二十六年四月号）

枇《び》杷《わ》の葉

君は半信半疑の顔をしているじゃないか。それがいけないのだ。僕も仕舞までそう云う気持でいたから、結局こんな話を君にする様な事になったのだと思う。

僕はいつもよりお酒を飲み過ぎたから、お開きになる頃には大分後先のつながりが曖昧《あいまい》になっていたが、しかし随分綺麗なのを集めたものだね。矢っ張りあれは今までの様な芸妓と云うのか知ら。あの中の一人、馬鹿に様子のいい、すらりとしたのが頻《しき》りに君に構っているのを初めの内僕は面白がって見ていた。しなやかな起《た》ち居の風情が、萊茵《ライン》のローレライではないけれど、百合の如くにたおやかなりなどと思いかけると、その女がちらりと僕の方を見る。そうして僕の視線を迎えておいてすぐに君にお酌をしたり、話しかけたり、酔ってはいても酔ったなりに理窟は立てて見たいもので、ああして専《もっぱ》ら君に掛かりっ切りの様に振舞うのは、あれは結局僕の注意を自分の方に牽《ひ》こうとするあの女の策略かと考えたりする。そう云う考えがあやふやな酔心地の中に纏《まと》まりかけると、又、女がちらりとこ一体何度消えたのは例の停電さ。一体何度消えたっちを見る。

何となく気疲れがした様だったが、なおいけなかったのは例の停電さ。一体何度消えたり、ともったりしたのだろう。あの為に酔いがだんだらになった様な気がする。一番いけないのは帰る間際の停電だ。式台に腰を下ろして靴を穿《は》こうとすると真暗になったから。何、消えなかったって。おかしいな。そんな筈《はず》はないだろう。君と一緒に玄関へ出て来たのだろう。

それから、ふらりふらり歩き出して、あの恐ろしく細長い道を君と二人で何を談じて来たのか思い出せないが、火の見の四ツ辻で君は自分の家の方へ別かれて行ったのだと記憶する。一人になったら曇っていた夜空の雲が急に低く下りて来て、歩いて行くと一足ずつ雲の中へ這入《はい》って行く様な気がし出した。大袈裟《おおげさ》な話をするのではない。段段に酔いが出て来てそんな気がしたのだろう。

石屋のある三ツ角まで来たら、三方から綺麗な風が吹いて来た。本当だよ。風が出会うと云う事も無いとは限らない。惚れ惚れした気持になって立ち停っていたら、さっきの女がまともからやって来て、随分お待ちになって、と云うではないか。全く半信半疑と云うのはいけないよ。しかし何しろその美しさ、あでやかさは夜目にもしるきではない、夜だからこそ麗わしいと云う事が僕の肝に銘じて解った。

「さっきのお兄さんはどうなさいました」

「四ツ辻から向うへ行ったよ」

「あら」

「どうかしたのか」

「方角が違いませんか知ら」

僕は気がついて、馬鹿な相手になるのはよそうと思った。それで又歩き出すと女も至極当り前な風に僕と並んで歩き出した。道の向うの先の曲り角になる辺りに馬鹿に暗い所があって、そこの地面から少し離れた所を枇杷《びわ》の葉ぐらいの大きさの赤い燄《ほのお》の様なものがふらふらと流れて行った。一つ消えたと思うと間をおいて又後から同じ位の高さで出て来て二つ三つ続いた様だったが、いつの間にか消えた。歩きながら咽喉が乾いたではないかと女が云ったのか、僕がそう思ったのか解らないが、横町を曲がった所に小いさな待合の様な家があって、そこの座敷に通った。麦酒を飲み又お酒も飲みなおした。お酌の手つきは凄い程あざやかである。

「君も飲め」

「戴くわ」

杯を手に取って僕の顔を見る。あかりの工合か何かでその目がきらきらと光った。そう思ったら又電気が消えた。消えがけに光ったのかも知れない。黙っているから僕も黙っていた。さっき見た枇杷の葉の燃える様な形だか色だかが気にかかる。暗がりの中で、襖《ふすま》も壁も見えないから暗闇の広さに際限はない。随分遠くの向うの方の暗い突き当りに何だか見え出す様な気がしたら、ぱっと電気がともった。ともってからそう思うと、見えかけたのは矢っ張り枇杷の葉の様な物で、これから赤くなるところだった様な気がする。

「きっとそうだわ。意味無いわね」

と蓮《はす》っ葉《ぱ》な口の利き方をした。

「なぜ」

「平井土手から笹山の方を見る様な気持なんでしょ。ほほほ」

僕は曖昧な気持なりに何だかうろたえた。そんな古い記憶が無い事もない。古いと云うのは何十年も前に死んだ祖母の娘の時分の話で、暗くなってからお祭の鮨を持って平井土手を帰って来ると片手にさげている提燈の灯が何度でも消えそうになって、仕舞にふっと消えてしまう。途端に田圃《たんぼ》の向うの笹山の山裾にあかりがともる。枇杷《びわ》の葉を燃した様な恰好で、ずらずらと幾つも並んで燃えたり、又吹き消した様に暗くなったりする。

「そら御覧なさい。意味ないわね」

「馬鹿にしてはいけない」

「まだまだ有るでしょう」

「よせよ」

「武さんが雄町の川で鯉を押さえたり」

「うん。そう云えば思い出す」

「うそ。御自分でちゃんと解ってるくせに。猪之吉さんが饅頭《まんじゅう》岩の上に坐っていたり」

女中が銚子のお代りを持って来て、膝をつくと同時に、

「おおいやなにおい。何でしょう」

と云って、あわてた様に出て行った。

新らしいお銚子を手に取って、

「さっきのお兄さんね。そんな方へ行って、きっと何処かで坐っているんだわ」

「猪之吉さんの様にか」

「ほほほ」

お酒の味が更によくなって杯が止められない。

又電気が消えた。仕方がないからじっとしていると、闇が段段に大きくなって行くのが解る。暗がりの中で女はなんにも云わないし身動きもしないらしい。ただ何だかにおいがする。女中がそう云ったからそんな気がする様でもある。

今度はいつ迄たっても電気がともらない。どの位時間がたったか、そんな事は解らないが、不意に暗がりの中でどきんとする様な気持がした。外から筋になったあかりが射して女中が這入《はい》って来た。赤い色の蠟燭《ろうそく》を立てた燭台を持っている。膝をついて燭台をそこへ置いた途端に、意味の解らない叫び声をあげて、ばたばたと部屋の外へ馳け出して行った。

女が燭台に顔を近づけて、蠟燭の灯をふっと吹き消したが、小さな焰《ほのお》を食べてしまった様な感じがした。又もとの暗闇になったけれど、暗がりの中の気配が今までの様でない。蠟燭の焰の消える迄の僅かな間に、後の襖に映った恐ろしい影を僕も見たと思った。僕もと云うのは女中が飛び出して行ったのは矢張りそれを見たからに違いないと思うのだが、その内に帳場の方で男衆の荒荒しい声がしたり、そうかと思うと笑い声が聞こえたりして、だれかこちらへやって来るのかと思うと、そうでもない。

間が抜けた様に電気がともって、それでお仕舞さ。気持が大分はっきりして来て興がさめて、勿論《もちろん》女もだれもいやしない。掻き消す様に消えてしまったと云うのではないよ。或《あるい》はもう少し僕がその気持を続けていたら又そこに坐りなおして、もっともっとお酌をしてくれたかも知れない。又若《も》し僕がもっと分別臭く考え込んだら、現にそこに坐っていると思った待合の座敷だってどうなったか知れたものではない。好い工合にお酒が廻っていたので、あやふやの内に物事の順序が運行して僕にお構いなく夜が更けたが、酔がさめてから思い出すのは億劫《おっくう》だからよそうと思う。ただ君の半信半疑の顔つきが気に喰わぬので一端を弁じた迄だ。

（「千一夜」昭和二十三年七月号）

雲の脚

夕方の帰りの電車が高架線を走っている時、窓から見ると西北の空に紫色を帯びた黒雲が寄っている。雲の脚の動くのが見えるわけではないが次第にこちらへ被って来る様である。襞《ひだ》の濃くなった辺りに向うの丘の上の大きな建物の塔が聳《そび》えて、天辺が黒雲に食い入り、そのまわりの雲の腹が煙の筋の様になってささくれている。夕立だろうと思ったので、駅で降りてから急いで家に帰った。

まだ時間は早い筈なのに家の中は真暗である。電気をともして一人で洋服を脱いた。用達しにでも行ったと見えてだれもいない。近所の物音も聞こえず、辺りが段段しんとして来る様である。

茶の間にともした電気はただ真下の畳の色だけを明かるくして、縁側にはまるで勝手の違った明かりが流れている。それは狭い庭からさし込むのであるが庭の土や石はもう暗くなっているのに、屏《へい》の裏と高く伸びた草の葉には不思議な明かりが残っている。

玄関の戸が開いて人の這入《はい》って来る足音がしたと思ったら、いきなり無遠慮な女の声で、

「可笑《おか》しいわ、いないのか知ら」と云うのが聞えた。

茶の間でその声を聞いて、向うの声柄の所為《せい》か不意に腹が立った。

玄関に出て見ると、はでな色の夏羽織を著《き》た血色のわるい女が起《た》っている。

「おや、御免遊ばせ、随分お探ししましたわ」

「どなたです」

「お忘れになりましたでしょう。山井の家内で御座います」

それで思い出して、はっとした。山井は昔にいじめられた教員上がりの高利貸である。大分前に死んだと云う話を聞いていたが、その細君が訪ねて来たところを見ると未だ債務が残っているかも知れない。

しかし、そんな筈《はず》はないと云う記憶もある様な気がする。

玄関の戸を半分開けひろげた儘《まま》にして土間に突っ起っている。往来から射し込む曖昧《あいまい》な明かりを背に受けて、濁った水の中の人影の様である。手に持っていた風呂敷包をそこに置き、

「お変り御座いませんでしたか」と切り口上で云った。

「はあ、難有《ありがと》う」

何だか癪《しゃく》にもさわっているし、第一、向うのつもりが解らないから、うっかりした受け答えは出来ないと思った。山井のなくなった事などに触れると、だれから聞いたかと問い返された時面倒である。それを云い出せば後の仲間との取引きまで話しに上って来るかも知れない。

「いいお住いでいらっしゃいますこと」

「いや」

「お勤めはお忙しくていらっしゃいますか」

「今帰ったところです。生憎《あいにく》だれもいないのでお通しする事も出来ませんが」

「いいえ私急ぎますから」

「失礼ですが何か御用ですか」

「いいえ、もうそんな事、用事なぞあって伺う様な、それはもう」

もそもそしながら前屈みになって、そこに置いた風呂敷包の結び目を解きかけた。

「でも本当にお元気で何よりですわ。主人も常常さよう申して居りましたが」

「はあ」

「いいえ、つい外《ほか》の事を考えまして。それはもう主人の事で御座いますから、主人はあなた様を大変崇拝いたして居りまして、主人はあの様な商売は致して居りましても、しんは実に立派な人格者で御座いました。それでこそ自然あなた様のお人柄も理解出来ると申すもので御座いましょう。ああ、じれったい。この結び目はどっちを向いているのでしょう」

山井のやり方は悪辣であって、苟《いやしく》も仮借するところがない。期限を過ぎれば直ぐに差押えて来る。十何年前の或る日の夕方、山井が私の留守にやって来て、今日一ぱいの約束の口があるのに未だ何の御挨拶もない。この儘にして置かれるなら明朝早速《さっそく》転附命令の手続きをすると云い置いて帰ったそうである。

私は十一時頃家に帰って玄関でその事を聞き、ほうって置かれないからその足ですぐ山井の家へ行った。

大分遠いので向うへ著《つ》いたのは十二時近くになっていたかも知れない。行ったのはそのお金を届ける為ではないので、お金が間に合わぬから何日か待ってくれと云う言い訳の為である。

いくら表を敲《たた》いても起きてくれない。到頭その儘帰りかけて狭い路地を抜け、街燈の明かるい電車道へ出た所で山井に会った。若い女を連れている。

私も向うも、同時にお互に気がついた様である。

「やあ、これはこれは、今頃どちらへ」と山井がいつもと丸で違った調子で云った。そう云いながら近寄ったところを見ると一ぱい機嫌の様である。

「いい所で会いました。今お宅へ伺ったところです」

「そうですか。それは失礼しました。これは家内です。どうぞ宜しく。実はついこないだ結婚しましてね。今日は寄席を聴きに行って来たところです。帰りに一寸《ちよつと》寄り道したもんだから遅くなっちまって。本当に失敬しました。どうです、もう一度いらっしゃいませんか」

「いや、もう遅くなるから失礼します。実は今日いらして戴いたそうで」

「ああ、いや何、その事でしたら何また今度でいいですよ」

「しかし僕の方では」

「いや、それは又更めて御相談しましょう。そうですか、お寄りになりませんか。家内の自慢の紅茶でも差上げようと思ったのに」

若い細君は山井の後かげに這入《はい》る様にばかりして、碌碌《ろくろく》顔も見せなかった。

それから後何度も山井の家を訪ねて細君とは言葉も交わし、顔も見覚えたが、十年許《ばか》り前に私が逼塞してから後は山井との往き来もなくなり、当人が死んだと云うのもずっと後になってから人伝てに聞いた位である。その細君が今日何しに来たのかが解らない上に、大分上ずっているらしい。合点が行かないから黙って見ていた。

やっと風呂敷を解いて、中から大きな紙包みを取り出した。

水引が掛かっている。

私の方に差し出して、どうか召し上がって下さいと云った。

向うのする事が丸で見当がつかないので、なだめる様に云ってことわったけれど聞かない。

「いいえ、そんなに云って戴く様な物では御座いません。ほんの私の心持だけの物で御座います。もっと、もっと早くお伺いしたいと思いながら、矢っ張り、それはそうとあの人たち、まだおつき合いで御座いますか。およしなさいませ。鬼で御座いますよ。ほんとに、あれが鬼です」

風呂敷をはたはたとはたいて綺麗にたたみ、それを絞り手拭の様にぎゅっと握りしめた。

「何だか知らないが、いきなりこう云う物を頂戴しては困る」

「あら、まだあんな事を」

にこにこと笑った様であったが、その顔を見ると不意にこちらが淋しい気持がした。

「御免遊ばせ」と云って表へ出て行った。往来の暗い色をしたアスファルトの上に椀を伏せた位のぬれた点点が方方に散らばっていて、そこだけ白く光っている。

大きな雨粒が落ちたのであろう。出て行った女の足音が、その上にからからと響いて遠ざかった。

玄関の上り口へ置いて行った紙包みを持って茶の間へ帰った。重たくて持った工合が変である。紙を取り掛けると中から蜜柑籠《みかんかご》の様な物の隅が現われた。籠の目の間から毛が見える。驚いて紙を破ったら籠の中に生きた白兎がいた。鞄《かばん》型の竹籠の両端を紐でくくって胴の真中には紙を巻き、その上から水引を掛けて締めてあったらしい。

水引をほどき紙を破ったので籠の真中がゆるんで口を開いた途端に、今まで煎餅の様になっていた兎がそこから飛び出し、私の手許《てもと》をすり抜けて縁側に出て身ぶるいをした。脊《せ》骨《ほね》から腰の辺りの手ざわりが猫の様だったのでぞっとした。

こっちを向いて、赤い眼で私を見ている。

庭屏の裏の一所に帯ぐらいの幅の日なたが出来た。赤い焦げた様な色で今にも消えそうである。

西空の雲が切れたのだろうと思いかけたが、何だか少しちぐはぐの気持がする。庭土や石の色はさっきよりもまだ暗い。

屏の裏に日なたが出来て一層暗くなった。家の者は何処まで用達しに行ったのだろうかと思った。兎が縁側で起ち上がる様な恰好をした。庭の暗い所と明かるい所とを背中に受けて、おや変な真似をしやがると思った。灰皿を取って投げつけたら、その儘の姿勢で一尺ばかり飛び上がった。

（「文藝春秋」昭和十九年七月号）

ゆうべの雲

近所の床屋へひげ剃りに行っている内に、急に日が暮れた。外へ出て横町を曲がったら、真直い道の向うから、赤い色をした大きな月が、こっちへ真正面に向いて昇りかけている。見ながら歩いていると、赤い月が小さな切れ雲の中に這入《はい》ったので、不意に辺りが暗くなった。裏道だから往来の電気の数も少く、雨上がりの水たまりを縫って歩くのに骨が折れる。足許《あしもと》が真暗がりなのに、空は一帯に明かるい。雲の裏に這入った月の光が流れるのか、まだ夕方の明かりが残っているのか、それはわからないが、上を見るとほっとした気持がする。

月を包んだ真黒な切れ雲が、右の方へ動いて行くのが解る。どうも気分がよくない様だ。さっき行火《あんか》でうたた寐《ね》をした時、青地が玄関を開けて、上がって来たので、相手になっていたら、青地ではなくて、青地の様な顔をしているけれど、豊次郎が化けて来たのだった。こちらで気がついたら、いなくなったが、後後まで不愉快である。豊次郎も青地も、もとから知っている若い者で、二人の間柄ではお互に化けたりするなぞと云う関聯《かんれん》もなさそうに思う。私をおどかすつもりでした事なら承知出来ない。

馬鹿に暗いので足許《あしもと》が捗《はかど》らない。しょっちゅう歩き馴れた道が少し長過ぎる様だと思ったら、不意に明かるい大通へ出た。向うの洋菓子屋にぎらぎらと電気がともっていて、その前を飛んでもない大きな自動車がしゅう、しゅう、しゅうと云いながら通り過ぎた。

大通のこっち側の歩道に立って、辺りを見て、道を間違えたのだと云う事を納得《なっとく》した。番町の夕闇に狐がいやしまいし、人に話せた事ではないと思いながら、裏道に引き返すのはよして、大通を通り、大通を曲がって帰って来た。それ程遠道《とおみち》をしたわけでもないのに、ぐったり疲れて、身体じゅうの元気が抜けた様な気がする。

玄関が真暗だから、なぜ明かりをつけないのかと思いながら、格子の硝子戸《ガラスど》を開けて中に這入《はい》ったら、暗闇の中で何だかにおいがして、かすかな人いきれがする。

「おや、お帰りなさい」と云った。「もうお帰りだろうと思いましてね、ここでお待ち申して居りました」

狭い土間で身体がさわった。押したわけではないが、蒟蒻《こんにゃく》の様にやわらかい。「ウフッ」と云った。女の声だから驚いて、手さぐりで上がろうとしながら、

「どなたです」と聞いた。

「何、私です。甘木です」とさっきの声が云った。

上がって、壁のスウィッチをさぐり当てて、電気をつけた。ぽっと明かるくならずに、次第に明かるくなって来た。甘木さんと、知らない大きな女が、土間の腰掛けに腰を掛けている。

「失礼いたしました。だれもいませんか」

「そうの様ですな」

私が襖《ふすま》を開けて中へ這入ると、まだ何とも云わない内に、二人とも後からついて上がって来た。

甘木さんと女が私と向き合って坐って、挨拶した。

「一寸《ちよつと》そこ迄まいりましたので、お邪魔しました」

「よく入らっしゃいました」

「これは私の家内で御座います。お近づき願おうと思って連れてまいりました」

「それはようこそ。お初めて」と云って私が会釈をした。

「ウフッ」と云う様な声をして、くねくねして、大きな身体で崩れる様なお辞儀をした。

「初めまして」と云ったと思うと、顔を上げて、人の顔をしげしげと見返した。

それから手をあげて、手の甲で、自分の目の辺りをこすった。

「尤《もっと》も、家内と申しましても、これは三本目の家内です」

「ははあ」と私は相槌《あいづち》を打ったけれど、甘木さんの云う事がよく呑み込めなかった。

「あら、あんな事、しんないわ」

しなを造って、隣りに並んだ甘木さんの方へにじり寄る様な恰好をした。

「一度先生にお会いしたいって、前から君はそう云ってたじゃないか」

「ウフッ」

「よくお話しを伺っておきたまえ」

「あなたがいては、駄目だわ。ねえ先生」

挨拶の仕様がないから黙っていると、女は又手を上げて、今度は鼻の先をこすった。

「ねえ先生、私、子供の遊びが大好きですの」

「子供の遊びって」

「無邪気な事が大好きですのよ」

「ははあ」

「大藪《おおやぶ》、小藪《こやぶ》って、御存じ」

「知りませんな」

「大藪、小藪」と少し節をつけて云って、手の甲で額と目の所をこすった。

「ほほほ、お解りになりまして」

「いいえ」

「駄目ね、先生は」

一膝乗り出して、私を睨みつける様な目をした。「なぜお解りにならないんでしょ。頭に毛が沢山あるから、大藪じゃありませんか。ですから、眉毛は小藪ですわ」

「ははあ」

「大藪、小藪、ひっから窓に蜂の巣。お解りになりまして」

「いいえ」

「ひっから窓はお目目《めめ》よ。鼻の穴が二つあって、蜂の巣みたいじゃありませんこと」

また手を上げて、その辺りをくしゃくしゃと撫でた。

「小川に小石、歯の事よ、先生。何だかぼんやりしていらっしゃるわね」

にゅっと手を出したと思ったら、いきなり私の耳を引っ張った。

びっくりしている所へ私の顔に口を近づけて、

「木くらげに」と云って一段声を高くし、「こんにゃく」と続けたと思うと、人の顔のすぐ前で、倍もある長い真赤な舌をぺろりと出した。

後へ顔を引こうとすると、もう一度きゅっと耳を引っ張ってから手を離した。そうして自分の座に戻り、おとなしく両手を膝に重ねて、「ウフッ、ウフッ、ウフッ」と云っている。

甘木さんが静かな声で、

「これ、これ」と制した。「余り調子づいてはいかんよ」

「何のその」

「先生の耳はどうだい」

「全くの木くらげよ、冷たくて」

目を上げて、もう一度私の顔を見据えた。

「かじって見ようか知ら、ごりごりと」

私が身構えたら目をそらして、「ウフッ」と云った。

「さあ、もうおいとましましょ」

膝に置いた手で、自分の膝を敲《たた》いて起《た》ち上がったと思うと、いきなり、さっき這入《はい》ったのでない方の襖からすいすい出て行った。

甘木さんがその後から起ち上がって、矢張り挨拶もせずに、すいすいと出て行った。

あわてて、「お茶も差し上げませんで」と云ったら、

「もうお帰りになるでしょう」と云った。

少し、はっきりした気持になりかけた。

「何ですって」と聞き返しながら、座を起とうとすると、もう出口の所まで行っている。甘木さんの声で、「ちと、お出かけなさいませんか」と云ったと思うと、急に遠ざかった気配《けはい》がした。

何だか、嘔《は》き気の様な、いやな気持がする。下駄を突っ掛けて外へ出て見たら、明かるい空に、けだものの尻尾の形をした流れ雲が浮いている。さっきの黒い雲のかたまりが崩れて伸びたのだろうと思った。曖昧な風が吹いて来る。風ににおいがする。

今の二人はどっちへ行ったのか、広い往来に人影もない。遠くの方から下駄の音が聞こえ出した。歯切れのいい足音で、家の者が帰って来たのだと云う事が解る。その足音が近づくに連れて、段段気持がはっきりして来た。

不意に目の前で、「只今」と云った。

ほっとした気持になりかけて、気がつくと、さっきの続きの下駄の音がまだ聞こえている。

そう思ったら、途端に、「ウフッ」と云う声が聞こえた。

下駄の音が刻み足になって、すぐそこへ近づいて来た。

「ちょいと、そこにいるのはだれ」と云う家の者の声がした。


（「小説新潮」昭和二十六年三月号）

狭<ruby>さ<rt></rt></ruby>
莚<ruby>むしろ<rt></rt></ruby>

柿屋は町内でも指折りの金持で、軒が深く、入口の土間《どま》は、無気味な程、広かった。

私は子供の時、柿屋の修さんから英語を教わる為に、毎日そこの二階に上がって行った。夏の真っ昼間、日盛りの往来から柿屋の土間に這入《はい》ると、急に辺《あた》りが暗くなって、足許《もと》もよくわからなかった。土間の片隅から上り口になった所を通り、梯子段《はしごだん》にかかる間の右手に、明け放った三間下《まさが》りの座敷が見えた。冷たそうな色の畳を敷きつめた遙《はる》か向うに、明かるい庭の樹の葉が、一枚一枚きらきらと光っていた。

その広広とした座敷の真中に、丸坊主のお祖父《じい》さんがたった一人、大きな裸でころがって、昼寝をしていた。畳の面《おもて》が白く光るために、お祖父さんの身体《からだ》が、水に浮いているように思われた。

二階の修さんの部屋で英語を教わっていると、下からお祖父さんの鼾《いびき》が聞こえ出した。始めのうちは、あたり前の鼾のようだったけれど、段段に変な声になり、無闇に大きくなって、静まり返っている広い家の中に響き渡った。

修さんの机の上に、細長い四角な罎《びん》に這入った舶来のインキがあった。レッテルにライオンの立ち上がった絵が描いてあって、蓋《ふた》をとると、不思議ないい匂いがした。英語をやめて、私がしきりにその匂いを嗅《か》いでいると、急にお祖父さんの鼾が止まったと思ったら、何だかわからない寝言《ねごと》の声が、手に取るように聞こえて来た。その声が段段恐ろしい調子になり、いつまでも、わけの解らぬ事を立て続けにわめき立てて、仕舞には、眠ったまま、立ち上がっているのではないかと思われ出した。すると修さんが、黙って立ち上がって、梯子段を下りて行ったから、多分お祖父さんを起こしに行ったのだろうと思って、一人で待っていたけれど、お祖父さんの寝言は益《ます》大《ます》きくなるばかりで、止みそうな気配もなかった。森閑とした家の中を、無気味な上《うわ》ずった声があばれ廻り、二階に待っている私の所に響いて来て、何か解らぬ事を話しかけられている様にも思われ出した。私は気味がわるくて、独《ひと》りでいられないから、そっとその部屋を出て、梯子段を下りて見たら、修さんは何処《どこ》へ行ったのか、そこいらには居なくて、お祖父さんがたった一人、仰向けになった儘《まま》、白光りのする畳の上に薄目を開けて眠っていた。

「われは何を勝手な、云いたい放題云いくさって、下の段のお松が編笠《あみがさ》を編んどるところで、云うて見い。ランプ掃除の竹の棒で敲《たた》き割ったじゃないか」

お祖父さんは、身動きもしないで、喚《わめ》きたてた。私が上り口から、黙って帰りかける後を追っかける様に、お祖父さんの寝言は、急に勘走った調子になって、薄暗い土間の土に響き渡った。

柿屋の奥の倉で、何人《たれ》も見た事のない不思議なけだものが、泥棒猫を捕《と》る為に仕掛けておいた猫櫓《ねころ》にかかったと云う噂《うわさ》が広まった。別に不思議な獣ではない、鼬《いたち》の大きいのだと云う者もあった。鼬ではない、貂《てん》に似ている、事によると雷獣かも知れないと云う者もあった。

町内に稲荷《いなり》松と云う古道具屋があって、そこの親爺《おやじ》が騒ぎ廻っていると思ったら、何処からか香具師《やし》を連れて来て、柿屋の獣を買い受けたらしい。私が柿屋に行って、修さんに見せて貰《もら》おうと思った時は、その獣はもう柿屋にはいなかった。

それから間もなく、お祭があって、お宮の石段の下に、柿屋の怪獣が見世物に出ていると云う話を聞いたから、行って見たら、物物しい小屋掛けに幕を張り廻《めぐ》らし、入口に掲げた大きな額の看板には、稲光りを浴びた狼《おおかみ》が、黒雲の塊《かたま》りにかぶりついている絵が描いてあった。木戸口に稲荷松がいて、木札を打ち合わせながら怒鳴った。

「やあやあ熊山にて生捕《いけど》ったる不思議の狼、猟師を三人までも食い殺したる稀代《きたい》の怪獣はこれです、狼に似て狼にあらず、木戸銭はたった三銭さあさあ」

稲荷松は真赤な顔をして、額から汗を流していた。幕の裏で、何か唸《うな》る声が聞こえるようだった。

私が木戸口に近づくと、稲荷松は変な顔をして、私のからだをかくす様にしながら、無料《ただ》で入れてくれた。私の耳もとに顔をくっつけて、小さな声で、

「これは例の、本当は雷獣と云うもんだそうですよ」と云った。

小屋の中には鉄格子《てつごうし》の嵌《は》まった檻《おり》が、たった一つ、台の上に載せてあって、その前の丸太棒の手すりに、見物人が五、六人立っていた。獣は首から胴にかけても二尺に足りない位の大きさで、背が低くて、尻尾《しっぽ》が太くて、どうも鼬《いたち》のようだった。無暗《むやみ》に檻の中をあばれ廻り、身体《からだ》を躍らす度《たび》に小便をした。

「しかし鼬にしては大け過ぎる。それにどうも顔が違うじゃないか」と見物の一人が隣りの男に云った。

「大きな声じゃ云えんけれど、本当のところは柿屋の倉にいたのだそうだ。此奴《こいつ》が永年《ながねん》柿屋に業《わざ》をしとったのかも知れんぜ」

そう云った男が、足許に落ちていた棒切れを拾って、格子の間から、檻の中に突込んだら、中の獣が、鳥の鳴くような声で、ぴいぴいと云った。さっき表で、何だか唸る声を聞

いたと思ったのに、あんまり調子が違うので、却《かえっ》て無気味に思われた。

後から後からと見物人が這入って来た。

稲荷松と香具師《やし》は、この見世物で百円も儲《もう》けたと云う話だった。

源さんと云う川舟の船頭が、私の家に出這入りしていて、その源さんの家《うち》に、柿屋の獣がいると云う話を聞いたから、見に行った。興行に使った後、始末に困って稲荷松が預けたものだろうと思う。

源さんの家は、川に沿った片側町《かたがわまち》の石垣の上にあった。家《うち》の人にことわって、裏庭に廻って見ると、物置の横の、雨ざらしになった地べたに檻が据えてあって、三方の格子を板で囲った薄暗い中から、例の獣の丸い目が、きらきらと光った。私がその前にしゃがむと、獣は私の顔を見ないようにして、檻の中をあばれ廻った。暫《しば》らく見ている内に、決して私の方を向かないようにする様子が、何となく憎らしくなったので、私は物置から竹の棒を拾って来て、その横腹を突っついてやろうと思うと、獣は鉄格子の内側を非常な速さで飛び廻り、私の目の前を黒い条《すじ》が幾本も横なぐりに走っては、消える様に思われた。私が棒を差し込む度に、ぴいぴいと泣き、暫らくあばれた後で、檻の隅に尻餅をついた様に静まると、嗄《しやが》れたような、干乾《ひから》びた変な声で、はあはあと云った。それを何度も繰返している内に、その苦しそうな、はあはあと云う声を出す時には、獣がちらちらと私の顔を見ているのに気がついた。始めは私の方を向かないのが癪《しやく》にさわって、いじめたのだけれど、獣が私の顔を見だすと、私は少し怖《こわ》くなり、そんな所に一人いるのが厭《いや》になったから、源さんの家の人にだまって、帰って来た。

その翌《あ》くる日もまた、私は源さんの家に出かけて行って、竹の棒切れで檻の中の獣をいじめた。獣の飛び廻る速さが段段鈍くなり、その代りに、小さな細かい歯の並んだ口を開けて、私の差し出す棒切れの端に噛《か》みついて来だした。どうかすると、棒の尖《さき》をくわえた儘《まま》、前肢《まえあし》で檻の格子につかまる様にして、立ち上がった。その様子が非常に憎らしく、特に胸から腹にかけて、赤味を帯びた黄色い毛並のぼかした様に走っているのが、まともに見えて無気味だったので、私は獣の口をこじる様にして、棒切れを引戻し、その後から無闇矢鱈《やたら》に檻の中を突っつき廻した。獣は檻の隅にへたばって、はあはあと云い出した。そうして、じいっと私の方を見ている。寸のつまった顔を次第に私の方に向けて、段段格子の間に近づけて来る様に思われた。私は急に驚いたような気持になって、棒を投げすてて、逃げて帰った。

その次の日も、また出かけて行った。獣が段段動かなくなるにつれて、益《ますます》その様子が憎らしくなった。私が棒の尖で檻の中を引っ掻き廻しても、あんまり逃げ廻らなかった。そうして、始めから、はあはあと云って、歯を剝《む》いた。棒を腹の下に突込んで、無理に持ち上げる様にすると、変な重みが棒を伝わって来た。それでも獣はあばれなかった。そうしていつ迄も、じっと私の顔を見つめた儘、だらだらと小便をし出した。その小便がいつ迄も続いて、檻の床を流れ、地面を伝って私の足許に溜まった。

その晩、私は寝床に這入ってから、夜通し鼬の歯をたたく音を聞いた様な気がした。それは本当に泉水の縁に鼬が出て、金魚をねらって歯を鳴らしたのだか、それとも夢を見ていたのだか、はっきりしなかった。

次の日に源さんが来て、家《うち》の者に、預かり物の獣が死んだ事を告げ、私がいじめ殺したのだと云う点を遠慮しいしい話して行ったそうである。私の家から、いくらかの賠償をしたのだろうと思う。

東京から梅次さんが来たと云うので、私の家では大騒ぎをしていた。

私の郷里は東京から百五十里も離れているので、東京のお客が訪《たず》ねて来ると云う様な事は殆《ほとん》どなかった。大阪には二、三軒親類のある事は知っていたけれど、梅次と云う女の話は今まで聞いた事もなく、どう云う知り合いなのだか、私には解らなかった。

しかし母などは、丸で親類の人が来たようにして、二階の十二畳の客間に通し、自分はしきりに上がったり下りたりした。

その内に、私にも行って挨拶《あいさつ》して来いと云われたから、行って見ると、母と同年輩ぐらいの色の白い、顔のふくれた女の人が、何だか縞《しま》はあっても、白っぽく見えるような着物を着て坐っていた。私はそんな人に見覚えはなかった。

いろいろ御馳走《ごちそう》して、みんなで持てなしている。二、三日は家に逗留《とうりゅう》するらしい。

梅次さんは狐使いだと母が下で話した。その方《ほう》を盛大にやって、東京でも立派に暮らしている。今度備中《びっちゅう》のお稲荷様に一寸《ちょっと》用事が出来て、出かけて来たついでに、家《うち》に寄ってくれたのである。これから御祈禱《きとう》が始まるから、みんな二階においでと云うので、私も行って、家の者の間に坐った。

梅次さんが柏手《かしわで》を打って、あたりまえの声で、床の間の方を向いておがんでいた。暫らくすると、急に肩のあたりを、ぴくぴくと慄《ふる》わし、何だか変な声をすると思ったら、突然坐ったままで二、三寸飛び上がる様な風をして、その拍子にみんなの坐っている方に向き直った。目をつぶって、口のまわりを、吃《ども》りの様にひくひく動かしている。

何を云い出すかと思っていると、二、三年前に死んだ私の従姉の事を述べ立てて、私の家が最後までよく面倒を見てやったお礼を云い出した。声の調子が普通でなく、聴いている内に、柿屋のお祖父さんの寝言を思い出して、いやな気持がした。

何だかまだ云い続けていたけれども、仕舞の方はよく解らなかった。段段に息が迫って来て苦しそうだった。声が切れ切れになって、はっはっと咽喉《のど》を鳴らし出した。私はうっかり聞いていて、不意に水を浴びたような気持がした。檻の中から私の顔を見ていた獣の声と、ちっとも違わない。すると梅次が中腰になって、ぶるぶると身体をふるわし、両手で袂《たもと》をばたばたと敲いて、「もう、いのう」と云った。

梅次が目を開いて、みんなの顔を見ている。ぐったりした様子で、額の汗を拭いた。その前に並んだ家の者も、ほっとしたらしく、みんな黙って、大きな息をしている。

死んだ従姉《ねえ》さんの事を云ったのは、その前に、母からでも聞いたのだろう。亡者のことを云い出して、生きている時に、親切にしてくれたお礼を云わせたりするのは可笑《おか》しいと私は思った。以前に、私は神原祈禱と云うものを聞いたことがある。夜、太鼓を敲いて、死んだ人の魂を呼び出すのだけれど、警察が禁止しているので、太鼓の皮を布で包んでその上から敲くために、音がこもって、却て物凄《ものすご》かった。私共は、その御祈禱をしている家の外に立って、真暗な陰から中の様子を窺《うかが》っていると、死んだ女房の魂が、おがんでいる人に乗り移り、その前に頭を垂れている亭主に向かって、いろいろな怨《うら》みを云いたてた。聞いている者が困るような事を云うのでなければ、本当の気がしない。梅次の御祈禱はあてにならないと思った。しかし、何か云う時の身振りや、声の調子は何となく無気味だった。

梅次が備中のお稲荷様に詣《まい》る時には、母と倉男と私とが一緒に行った。その時も梅次がまた変な事をしたので私は段段恐ろしくなった。

翌《あ》くる日の朝早く汽車に乗って出かけて、お宮の前の茶屋で昼飯を食べた。その時から、梅次は変で、お膳の上の皿や茶椀を無闇にぶつけて、かちかちと鳴らした。

広前に出てからは、梅次は口を利かなかった。大きな賽銭櫃《さいせんばこ》の前に来て、四人がそこに並んだ時、梅次が急に身体をふるわせたと思ったら、いきなり前の階段を駆け昇って、昇りつめた所で、くるりと後向きになり、何だか解らない事を口走った。私共の立っている左手に、二抱《ふたかか》えもある大きな唐金《からかね》の線香立があって、その中から香煙が筒の様になって立ち騰《のぼ》っていた。梅次が両袖をぱたぱたと敲《たた》いたので、驚いてそちらを見た途端に、梅次は身体を浮かす様にして、線香立の煙の上をひらひらと飛んで、庭の地面に降りた。

夕方、家に帰ってから、私はなるべく梅次のいるところを避けた。無気味なだけでなく、何だか顔を見ていると、気持がわるかった。

晩の御飯は、お膳を二階の十二畳に運んで、御馳走をしているらしかった。母は梅次が大きなお線香立の上を飛び越した話をみんなに聞かせて、しきりに梅次の神通力に感心していた。

梅次はお酒を飲むと見えて、女中が何度もお銚子《ちょうし》を運んで行った。私が下の離れで寝床に這入ってから後も、まだ二階はざわざわしていた。

その内に三味線の音が聞こえ出した。うつら、うつらした気持で聞いていると、どうかした機《はず》みに、母の少し調子外《はず》れの声が、手に取る様に聞こえたりした。「あらしの末の鐘のこえむすばぬ夢のさめやらでただしのばるる」

急に勝手のちがった気持がして、その拍子に、はっきり目がさめたら、聞いた事もない変な調子の三味線の音がしている。梅次が弾《ひ》いているらしかった。時時、歌の声が聞こえて来た。言葉の意味はわからないけれども、何だか男のような声だった。

今度目がさめた時は、急にひどい風が吹き出したらしく、庭の樹の葉がさあさあと鳴り渡った。その物音の向うで、まだ三味線の音が聞こえるらしかった。梅次はあの変な獣が化けて来たのではないかと思いかけて、私はびっくりして布団をかぶった。

朝まだ寝ているうちに、台所の方でみんなの騒ぐ声がして、目がさめた。

梅次が顔を洗いに下りて、台所の八畳で一ぷく吸っているところへ、何年も前からいる一と云う大きな犬が駆け上がって、梅次の横腹に嚙みついたのだそうだ。梅次が驚いて、倒れそうになった所を、一は横くわえにくわえた儘、いつ迄も離さなかった。倉男の兼が飛んで来て、漸《ようや》く一を追払ったけれども、梅次は真青になってしまって、今、焼酎《しょうちゅう》でやっと正気に帰ったと云うのである。

私が顔を洗ったり、御飯をたべたりしている間じゅう、家がざわめいて、みんなが方方の隅でひそひそ話をした。

お午前《ひるまえ》に、梅次は手荷物の鞄《かばん》を持って、俥《くるま》に乗って帰ってしまった。

以上の話を、私は自分の記憶を辿《たど》って書き綴《つづ》ったつもりだけれど、全部本当にあった事だか、或《あるい》は私の物怖《ものおそ》れをする心が作り出した、ありもしない妄想が、あやふやな記憶の中にまぎれ込んでいるか、いないか、その見境は今となっては、私自身に解らないのである。

（「経済往来」昭和八年十一月号）

由《ゆ》比《い》駅

東京駅の案内所の前に起《た》って待ち合わせる打合せをしたから、行って見たがまだ来ていない。多分彼の方が先だろうと思ったけれど、或《あるい》は差閊《さしつか》えが出来て遅れたかも知れない。約束通りの所に起って、ぼんやりしていた。いいお天気で駅の前の広場に午過《ひるす》ぎの日が照っている。日向が赤い。日陰が黄色い。おかしいなと思う。そこいらを往ったり来たりする人影が真黒に見える。大きな鴉《からす》が低い所を飛んだ。鳩ではない。鳩と鴉は飛び方が違う。その方ばかり見ていたので、あんまり明かるいから、目の具合が変になった。大分時間が経った様である。なぜ来ないかと云う事を考えている内に、八重洲口の方の改札の内側にも案内所がある事を思い出した。

乗車口側の改札でパンチを受け、地下道を通って行った。いつもの通り大勢人がいるけれど、あんまり動いていない。その中の幾人かは、立ち停まって私が歩いて行くのを見ているらしい。そっちの案内所の前まで行って突っ起った。あたりを見廻したが、来ていない様である。その内に発車の時刻になったら、どうしようかと思う。案内所が二つあったのに気がついて考えて見ると、そう云えばまだ降車口にも、もう一つあったか知れない。しかしこれから出掛けるのに、降車口で待ち合わせると云う打合せをする筈《はず》はない。

今起っている所の前は、出発ホームの九番線と十番線に上がる階段の下の広広とした待合所である。階段の上がり口に更に改札の柵があって、その前に人の列が二本も三本もつづいている。大勢人が押し合っているのに、随分静かで、ひっそりしている。時時ばらばらに散らかった様な足音はするけれど、話し声は丸で聞こえない。空襲警報が鳴った時の様な気配である。

行列は向うを向いている。みんな押し黙って何か考えているのだろう。壁際の行列が一番長い。尻尾の端が私の起っている案内所の前の通路まで伸びて来ている。その列の真中辺りの顔が一つ、こっちを向いた。辺りのもやもやした中に、こっちへ向いた顔のまわりだけが白けている。

何だか気になるので、そっちを見ていたら、その顔が列を離れた。和服の著流《きなが》しの男が、すたすた歩いて、私の方へ近づいて来る。こうしていては、いけないと云う気がし出した。

私の前に立ちはだかって、いきなり云った。

「栄さん、大きくなられましたな」

私の名前を云ったが、この品の悪い、中年の男に見覚えはない。

「どなたでしたか」

「いちですよ」

「いちさんと云うのは、思い出せないが」

「いちと云う犬がおったでしょうが」

何を云ってると思う。しかしいやな気がして来た。

背中で靠《もた》れている後の案内所の中で、電話が鳴っている。乗車口の案内所は間口が広いけれど、ここのは狭い。中に係の者が二人しかいない。その一人が電話を受けている。

「もしもし、こちらは八重洲口の案内所ですよ」

電話が何を云っているのか、解らないが、「何ですって、前に起《た》っている人、はあいますよ。それで。呼ぶのですか。何。そう云えばいいのですね。一寸《ちよつと》お待ちなさい。あっ切ってしまった」と云って受話機をがちゃりと置いた。気に掛かるからそっちを向いた私の顔をまじまじと見て、置いた受話機の上に片手を載せた儘、こんな事を云う。「お連れの人の言伝てですよ。それで解るのですか。おかしいね。先へ行っているからって」

「先に行ってるって」

「そう云いましたよ」

先に行くと云っても、汽車の数はきまっている。何を云っているのか。先へ行けと云ったのかも知れない。なぜだか解らないが、それならそれでもいい。後を振り返ったが、さっきの男はもういない。行列に帰ったかと思う。しかし行列は改札を通っている。一番長かった壁際の列の尻尾ばかりが少し残っている。その残りも見ている内になくなった。

さてどうしようかと思う。何をどうすると云う程はっきりしないが、物事の順序が立っていない。出掛けて来たけれど、よしてもいい。そう思っているのに勝手に歩き出して、改札を通ってしまった。

汽車はもうホームに這入《はい》っている。窓から見える手前の側に、座席があいていて、そこへ私が這入って行くのが、前からそうなっている様である。だからそこへ這入って行って、腰を掛けた。車内がひどくむしする。大勢の人が乗っているけれど、みんな同じ方へ向いている。二つ並んだ隣りの座席は空いているが、だれも来ない。大分先の方で機関車が曖昧な笛を鳴らして、汽車が動き出した。

段段速くなって、線路だか車輪だかが、こうこうこうと鳴く様な音がし出した。何が鳴く声だろうと思う。御後園の鶴の声が、天気の悪い日に、遠方から風に乗って伝わって来る様である。昔、生家が貧乏して、税務署から差押えられた儘の広い家の中に住んでいた時、空っぽになった酒倉の間を吹き抜ける風が、こんな声を乗せて来た。

その時分、人気《ひとけ》の少くなった家の中に、大きなぶちの犬がいた。思い出し掛けて、胸先から戻す様な、いやな気持になった。

顔見知りの年配のボイが通りかかって、挨拶して立ち停まった。

「おや、お出掛けで御座いますか」

「うん、一寸《ちよつと》」

「御遠方まで」

「いや、由比《ゆい》へ行くのだ」

「由比で御座いましたら、この列車は由比に停まりませんけれど」

「引き返すから、いいんだ」

「左様で御座いますか。そう致しますると、清水で御座いますね」

そうして一礼して通り過ぎた。ボイの行った後が少し臭い。何処から来るにおいだか解らないが、その聯想《れんそう》が愉快ではないから気を散らす。

大船、藤沢を過ぎてから、急に速くなった。沿線の家や樹が、汽車が近づくのを待って俄《にわか》に飛び立って遠ざかる様に見える。目を掠めて消える家家の屋根がきらきらと光った。濡れているかも知れない。抜ける程晴れていながら、雨が降る筈もないが、次第に山が迫って来る秋空には、汽車が近づく前に時雨れ雲が通って行ったかも知れない。

少し辺りがぼんやりして来て、その内にうとうとしたらしい。不意にしんかんとして、座席の靠《もた》れに靠れた儘、どこかへ沈んで行きそうになった。引き込まれそうな気持の途中で、はっとして目がさめた。勾配のある高い土手の上に汽車が停まっている。大勢人が乗っているのに、何の物音もしない。窓の外の線路のわきも、土手の下の狭い往来にも、濡れて雫が流れて水溜まりがある。その上から、ぎらぎらした日が照りつけ、風が渡って草の葉を動かした。

何のつながりもない、中途半端なところで電気機関車の笛が鳴った。そうして窓の外の今まで見ていた所と、車内の様子とが捩じれた様な工合になって、汽車が動き出した。動き出したと思ったら、又じきに停まった。今度停まった所は歩廊の前である。だから停車したので、小田原であった。それから熱海へ行く間、隧道《ずいどう》が長いのや短かいのや、明かるくなったり暗くなったり、ちらちらするのもあって、それで気分がうろうろする。裸の岩が露出している崖を見たら、塔ノ山の岩肌を思い出した。郷里の町に第六高等学校が出来る時、山裾の水田を潰して地形《じぎょう》を造った。地形に使う石を採るので、近くの塔ノ山にダイナマイトを仕掛けて岩を割っていると、その上にあった墓場が崩れて、町内の岡友のおばさんの棺桶が出て来たそうである。

岡友の家は神道であったから、おばさんが死んでも、入棺の時、頭を丸めたりしない。

丸髷《まるまげ》を結った儘坐らして、座棺に納めたのが塔ノ山の墓の下で何年か経って、今度ダイナマイトのはずみで飛び出した。棺がわれて丸髷を結ったおばさんが出て来たそうだが、屍《し》蠟《ろう》と云う物になって、ちっともどうもなっていない。生きていた時の儘だと云うので、随分みんなが騒いだ。

岡友の家は、私の生家から二三軒先の同じ並びにあったが、どう云うわけだか、家が取り払われて、その後に脊《せ》の高い青草が一ぱい生えた。豆腐屋だった所為《せい》か、大きな井戸があって、井戸側はもう無かったが、青草の中に、底の水面が黒ずんだ鏡の様な色をして光っている。その空地へ犬を追い込んだ。私が追い込んだのではなく、犬が逃げ込んだから、後を追っ掛けたのである。

なぜ追い廻したかは、その時分から自分の気持が解らなかった。春機発動期の終り頃で、後から考えると、えたいの知れない憂悶のはけ口がなかった為かも知れないが、毎日夕方になるのを待って、三間竿を持ち出し、犬を探して、竿の先を突きつける。矢っ張りそうなので犬の名前はいちと云った。大きな黒のぶちで、仔犬から育てたのだから犬の気心はよく解っているし、向うでもこちらの気心を知っているだろう。急に憎くなったのでも邪魔にするのでもないけれど、そう云う癖を覚えてから、毎日止められない。それでは勝初めは犬の方で呼ばれたのかと思って、馴れ馴れしくこっちへ寄って来る。

手が悪いので、竿を持った儘後にさがり、間隔を置いてから竿の先で横腹を突き尻を叩くと、犬は意外な目に遭うと思うらしく、尾を垂れて向うへ逃げて行く。それから調子がついて、追っ掛けながら背中でも尻でも頸でも構わずに突っ突くから、犬はうろたえて逃げ廻り、追い詰められると、けんけん鳴き出す。ますます興が乗って来るので、ゆるめる事はしない。こちらも興奮しているから、息をはずませながら追った。或る日の夕方、少し暗くなり掛けていたが、犬がいきなり開けひろげた裏の座敷へ飛び上がって、表座敷の方へ逃げて行った。

その後から下駄穿きの儘座敷に馳け上がり、竿を振るって追うと、手すりのある廊下を渡って母屋の座敷を馳け抜け、玄関から土間へ降りて表の往来へ走って行った。何となく裏を掻かれた気持でかっとなり、三間竿を構えた儘、人通りのある往来で犬を追っ掛けたら、岡友の空地へ逃げ込んだ。

非常に速く走ったけれど、こちらも一生懸命だから、すぐに追いつき、青草の中を向うへ抜ける黒い胴体のどこかを竿の先で思い切り突いた。大きな消し護謨《ゴム》を押した様な手ごたえがしたと思うと、井戸の上をひらひらと飛び越えて、向うの側からこっちを振り向き、薄闇の中で白い歯をむき出した。頭を低くして身構えする様な恰好をする。不意にこわくなって、草の中に竿を投げた儘、後を見ずに家へ帰った。

さっきのボイが通り掛りにうしろから、私と同じ方を向いたなりで云った。「お連れ様が別の車にいらっしゃるので御座いますか」

「いや」

ボイが黙って起っているから問い返した。

「なぜ」

「あちらでは、そんな風に仰しゃいましたけれど」

ボイが軽く会釈して通り過ぎた。

丹那を出てからは、空の色が濁っている。段段に暗くなって、沼津に停車した時、豪雨が降り灑《そそ》いだ。何となく呼吸が詰まる様な気がするので、車外に出て見た。ホームの屋根を流れる雨が、勢が余って停車している列車の屋根に敲《たた》きつけ、それが戻ってホームの縁へ流れ落ちる。水の襖《ふすま》の様で、デッキからホームへ降りた時、その中を突き抜けた為に頭からびしょ濡れになった。

ホームの足場を直しているので、たたきが掘り返されていて足許《あしもと》が悪い。その引っ剝《はげ》がしたたたきのかけらに、突然白い色の電光が走って、かけらがびりびり動く様な烈しい雷が鳴った。

驚いて車室に帰ったが、もう一度水襖を突き抜けたので、全身が濡れ鼠になった。

座席の隣りに知らない婦人が坐っている。もともと空いていたのだから、人が来ても止むを得ない。

その前をすり抜けて、窓際の座席に戻った。

馴れ馴れしく、「大変な雷です事」と云う。

「はあ」

「随分お濡れになりまして」

匂いのするハンケチを出して、肩の辺りを叩こうとする。

「いいです」

「まあ、旦那様ったら」

そう云って構わずに肩から袖を伝う雫を拭いてくれた。

「旦那様はこの汽車ではないと思いました」

「どなたでしょうか」

「ふふふ」と云った様である。両手の白い手頸を絡ませる様に、うねくねと動かした。

「ボイさんから聞きましたの。いいボイさんですわね。お顔馴染なんですってね」

「ボイが何か云ってたのは、あなただったのですか」

「何と申しまして」

「僕を知った人がいる様な事を云ってたが、僕がどうしたと云うのです」

「違いますわ、旦那様。そのお話しは別の人です。乗っていますわよ、あっちに」

「だれがです」

「だって、今日はそれでお出掛けになる気におなりなすったのでしょう。違いまして」

「何を云ってるんです」

「あっ、そら、大きな虹」

頓狂な声をして乗り出し、私の前から頸を伸ばして窓を覗いた。空が霽《は》れて来たか、汽車が走って雨雲の陰から出たか知らないが、外は明かるくなって、海の近い田圃《たんぼ》に雫が光っている。その上を、後の山から海の向うの空へかけて、虹が橋を懸けた。

幅の広い虹に見とれていると、急に目がちかちかっとして、赤い虹を縦に縫う様に、銀色の昼の稲妻が海の方へ走った。

すぐに烈《はげ》しい雷鳴が、走って行く汽車の響きを圧して、明かるい海の方へ轟《とどろ》いて消えた。

虹がまだ薄れない内に汽車がカアヴした。

「もうじきで御座いますわね」と云った。何だか膝の辺りをもそもそしていると思ったら、すうと起《た》ち上がり、「では又、後程」と云って、うしろの方へ歩いて行った。

汽車が走って行って、海が近くなり、由比駅を通過して、隧道に這入《はい》った。出てから又這入った。暗い隧道の洞の中に、海風が詰まっているらしく、濡れて隧道を出た汽車に横揺れのはずみがついて、ぶるぶるしながら清水駅の構内に辷《すべ》り込んだ。

それで降りて、引き返して、又さっきの隧道を抜けた。今度は一つで長い。由比駅で降りて改札を出た。矢っ張り一人で来たのは勝手が違ったと思う。その辺り一帯に蝦《えび》のにおいがする。往来に出て、歩いて行って、さっきの隧道のあった山の方へ向かう。足許《あしもと》が登りになって、頭の上に松が鳴っている。薩埵《さった》峠の裾が山の鼻になって海に迫った所で、鼻の尖《さき》が二つに裂けている。だから海に近い方の線路には隧道が二つある。まだ二つに割れていない山ぞいには、一つしかない。薩埵《さった》のその山の鼻の上に白堊《はくあ》のサッタホテルがある。露の垂れそうな松の下枝をくぐって、径を曲がったら、海光を背にしてこっちに向いている玄関の軒に、昼間の電気がぎらぎらして、SATTA-HOTELの文字が白い背景から抜け出しそうに輝いている。

ポーターが硝子《ガラス》の扉を開けて、お辞儀した。廊下に香気が漂っている。潮の匂いではない。松の香りでもない。脊の高いボイが出て来て挨拶した。

「入らっしゃいまし。お待ち申し上げて居りました」

「今日来るとは云わないだろう」

「いえ、伺って居ります。あちらでお待ち兼ねで御座います」

今まで案内された事のない、違った部屋に通った。二重廊下になっていて、ボイがドアを開けると、昼間なのに電気がついている。どの窓にも松の下枝がかぶさって薄暗いから、中の電気の光が外へ溢れて行く筋が明かるく見える。

暗い窓を背にして、明かりが出て行く筋に女がいる。椅子に倚《よ》ってこっちを見ているらしい。

「お見えになりました」とボイが云った。

何となくむかむかする様な気がした。車中の隣りの座席に来た女かも知れない。「おい」とボイを呼び止めた。「外の部屋はないのか」

「御座いますけれど」

もじもじしている前に女が起《た》って来て、

「いいのよ、ボイさん。それは又後でね」と云ってこっちへ向き直った。

「先程は」

「あなたはだれです」

「わたくしで御座いますか」

「そう」

「そんな事よりも旦那様。旦那様はどうしてこちらへお出向きになりましたか」

「僕か。僕は友人と打ち合わせて来る筈になっていたのだ」

「ふふふ。そのお友達の方、それでどうなさいまして」

「来る筈です。もう来ているかな」

ボイが出て行った。「お呼び下さいます様に」と云った様だった。変な声をしている。

いつの間にか腰を掛けていた。椅子の工合が大変いい。女が円《まる》い卓子の向うから、向き合っている。

「ほんとに暫らくで御座いました」

「僕は思い出せないのだが」

「でも、あまり古い事が、中途までそう思った儘で、その儘になっていると、いろいろいけませんですわねえ」

「それはどう云う事です」

「この窓の外の、あの松の木が重なり合ったうしろは崖が御座いますのよ。もう一つ山になって、その上に榛《はん》の木《き》が繁って、木のまわりを大きな白い蝶蝶が」

それは違う。手の平ぐらいもあって。

「白い蝶蝶じゃない、黒いのだ。真黒な」

「まあ」と云って人の顔を見据えた。「そんな気がすると仰しゃるのでしょう」

そうかも知れない。自分で見たわけではない。見える筈がない。そう云われて、そっちを見たけれど、蝶蝶なぞ飛んではいなかった。父がそう思って、そう云っただけだ。

からだが硬くなった。

「お苦しかったのでしょう。本当に残念な事をいたしました」

幾晩か続いたから、傍にいて呼吸が出来ない様であった。だから、からだが硬くなって、どうしていいか解らない。山寺の座敷を借りて寝ていたので、病床は地面から随分高い。お寺の床《ゆか》はどこだって高い。その上に犬が跳び上がって来て、病床の傍に四つ脚で起った。自分の坐っている同じ高さに、犬がいるのを見た事がない。黒い犢《こうし》の様に思われて、ぞっとして追った。家の犬である。「こらっ、いち」と云おうと思ったら、声が詰まった。犬は高い縁鼻から、ひらひらと飛んだ。

「ですから、旦那様、ああほっといたしましたわ」

「何が」

「ですから矢っ張り、一度は確かめておいて戴きませんと」

「何を云ってるのだ」

「わたくしは、いちの家内で御座います」

「何だと」

「まあ、あんな顔をなすって。犬の家内では御座いませんん事よ。ほほほ」

窓が微かに鳴った。海風が通ったのだろうと思っていると、今度はドアが鳴って、ボイが這入《はい》って来た。

「お見えになりました」

「だれが」

「助役さんがお見えになりました」

「おかしいな」

「昨日からそう云うお問い合わせで御座いましたけれど」

「別の部屋へお通ししておいてくれ」

ボイが出て行った後、何となく、気がそわそわする。

辺りがもやもやして、どの窓も大きく拡がり出した。窓の外は薄暗い。

今出て行ったと思ったボイが、又顔を出した。

「助役さんがお待ち兼ねです」

「今行くから、別の部屋へお通ししておきなさい」

「お通しして御座います」

「それでいい」

「そのお部屋で、オックスタンの塩漬を召し上がって居られます」

「何だって」

「もう随分沢山、幾人前もお上がりになりました」

ボイのうしろから、背広を著《き》た男が顔を出した。「入らっしゃいまし、支配人で御座います」

そうだ、顔を知っている。

ボイを押しのける様にして、中へ這入《はい》って来た。

「おやお前さんか。一寸《ちよつと》こっちへ来て貰おう」

そう云って女のどこかへ手を掛けた。柔らかい風呂敷包みを引っ張る様な恰好で、女を部屋の外へ連れて行った。

その後を閉めて、ボイが私の傍へ寄って来た。まともに見ると色が白くて、鼻筋が通って、目許《めもと》が涼しくて、惚れ惚れする程可愛い。

「君はこの前はいなかったね」

「いえ居りました。旦那様を存じ上げて居ります」

「そうか知ら。君の様なボイはいなかったと思ったが」

「あの時分はボイではありませんでした」

「何だったのだ」

ボイが少しいやな顔をした。

「それが旦那様の癖でしょう。助役さんもそう云っていましたけれど」

「助役さんが何と云うのだ」

「由比の駅のホームで、すぐ目の前を通過する急行列車を、旦那様は気抜けがした様になって見ていらっしゃるでしょう。初めに下りが行くと時計を出して、一生懸命に時間を計って、上りが来るのを待って」

「それがどうしたのだ」

「助役さんが云っていましたけれど、僕だってそう思います。そんな事をしたら、それは列車だってあの勢いで動いているのですから、ぼんやりした旦那様のなんかを持って行って、擦れ違う時に今度の上りに渡したのが返って来るまで旦那様は丸でお留守です。いろんな事が起こりまさあね、僕なんか初めからそう思っているから」

ボイの顔が、色が白いなりに大きくなった。可愛くなぞない。

「さっき、下で非常汽笛が鳴ったでしょう」

「知らない」

「ホテルの下は薩埵《さった》隧道《ずいどう》です」

「そうだよ」

「海沿いの、つまり下りの側には二つあって、その第一洞と第二洞との間が七十米《メートル》」

「それがどうしたのだ」

「そのトンネルとトンネルとの間で、大きな獣《けだもの》が轢《ひ》かれました」

「犬だろう」

「旦那様は馬鹿だな。あんな事云ってる」

「なぜ馬鹿だ」

「馬鹿じゃありませんか。いい加減にしたらどうです」

「怪《け》しからん事を云う。それじゃ何が轢かれたのだ」

「何だか知らないけれど、列車が第一洞を出て見たら、第二洞のこっちの入り口の所を、黒い獣が出たり這入《はい》ったり」

急に恐ろしい顔をして、後を振り向いた。「仕様がないな、助役さん、何を騒いでるのだ」

身構えして、私を突くのかと思ったら、肩の先を摑《つか》んで、ゆすぶる。

「旦那様、もうおよしなさいね」

ゆすぶっている手の先に拍子をつけて、いつ迄も離さない。

「よくはないです。
　網ノ浜の
　　茗荷の子
　　　出たり
　　　　這入ったり
　　　　　すっ込んだ
そうでしょう。そうなんでしょう。あははは」
　手を離して人の顔をのぞき込んだ。耳許《みみもと》ががんとして、耳鳴りがする。松も鳴っている。
　ボイの白い顔と白い上衣が、境目がなくなった。

（「文藝春秋」昭和二十七年八月号）

菅《かん》田《でん》庵《あん》の狐《きつね》

松江阿房列車（抄）

十

翌《あ》くる日の朝、朝でもないが兎《と》に角《かく》起き出して、座敷の外の勾欄《こうらん》から宍道湖《しんじこ》を眺めた。琵琶湖の四分ノ一か五分ノ一ぐらいしかないらしいが、それでも大きな湖である。向うの空に食い入った中国山脈の山屏風《びょうぶ》に、秋晴れの白い美しい雲が懸かったり離れたりしている。毎日毎日いいお天気が続き、今日でもう一週間か十日ぐらい、雨は勿論《もちろん》曇った日もない。

澄み切った空の下に、宍道湖の水の色も澄んでいる。遠い中国山脈のもっとこっちの手前に近く、湖岸に接して連なった山波の姿を追って行くと、段段西へ廻った所で山が低くなり遠くなり、仕舞になんにもなくなってしまう。宍道湖の水面がどこ迄《まで》も続いて区切りがないから、岸辺の山がなくなった辺りは外海の日本海につながっているのではないかと思われるけれど、宍道湖は袋になっている筈だからそんなわけはない。聞いてみるとその方角の湖辺は簸川《ひかわ》平野で畑だと云う。畑は低いから遠くから眺めて水との境目はわからない。そうすると春になったら矢張り、琵琶湖と同じ様に菜種の花が咲き、黄いろい蝶蝶《ちょうちょう》が湖の上に出て来るのではないかと思ったりした。

何樫さんが云った通り、全く静かである。昼間だから何かの音はするが、その物音が一つ一つ別別に聞こえる。いろんな音が一緒になった騒音と云う様なものではない。湖水の上をポンポン蒸気が走って来たが、間の抜けたテンポで、ポンポンと云う音に一一《いちいち》駄目を押して走って行く様であった。

暫《しば》らくすると松江大橋の上から、下駄の音が聞こえて来た。昼間でもはっきり聞こえる。歩いて行く人が、自分の下駄の音を確かめながら歩いていると云《い》う様な気がする。一つには音が湖面を伝わるから、そんなにはっきり聞こえるのかも知れない。

湖水の向う岸の山裾《やますそ》に、長い白煙を引いて汽車が走って来た。こちらから見る山の陰は暗いから、煙の帯が浮き出した様に見える。大分速そうだと思ったら、時間から考えて急行「いずも」の上リ第七〇二列車が松江駅に近づいているのであった。

汽車が湖岸の丘の鼻を曲がって行ってしまった。ポンポン蒸気ももういない。見る物も聞く物もなくなって見ると、こうしていて何もする事がない。それは当然の事で元来松江へ何をしに来たわけでもないから、何もする事はない。頤《あご》を撫《な》でたら、いつの間にか随分ひげが伸びている。引っ張れる位である。これは旅のひげであって、旅先で始末す可《べ》きものだと考えた。しかし自分であたるのは面倒臭い。座敷に坐《すわ》ったなり、床屋に剃《そ》って貰おうと思い立った。

暫らくすると、床屋が来たと云うからそっちを見たら、若い美人がお辞儀をして這入《はい》って来た。成る程床屋と云っても男には限らない。ただ何となく男の職人が来るかと思っていたので、おやと思った。美人で恐縮だが、あたって貰って頤《あご》がつるつるになった。彼女は一言も口を利《き》かずに帰って行った。変なじじいの胡麻塩ひげで済まなかったが、こちらから口を利いてお愛想を云おうにも、剃刀《かみそり》を脣《くちびる》辺に擬せられている起《た》ち場《ば》上、それは叶《かな》わぬ事である。

さて、頤は綺麗《きれい》になり、お天気はいいしどうしようと云う相談になった。松江は山系君の曾遊の地であって、お城も知っているそうである。出て見ても仕様がないけれど、出ましょうかと云う。

自動車を呼び、何樫さんも加わって、走り出した。町中を通ってお城に行き、自動車からは降りずにお濠端《ほりばた》を走った。大きな松の木だったか、ほかの木だったか忘れたが、お濠の向う岸で倒れている。なぜ大木が倒れたのか、そのわけを聞いたかも知れないけれど覚えていない。ラフカディオ・ヘルンの旧趾《きゅうし》の前で、車を降りた。そう云う所を見たって仕様がない。降りたくはなかったが、何だか降りないわけには行かない様だったので降りた。

入口の土間の前に起ったただけで、車に引き返した。

これから菅田庵《かんでんあん》へ行くと云う。菅田庵は不昧公《ふまいこう》にゆかりのある茶室だそうで、松江の名所の一つになっているらしい。しかしどうも気が進まない。そう云う所は、土地の人には思い出があるか知れないが、よそから来た風来坊には、その土地の人が考えている程意味はない。しかし行くと云っても車が走るだけの事だから、まあよかろうとほっておいた。

こんもりした森の下へ来て、自動車が停まった。これからすこし歩いてくれと云う。厄介だが止《や》むを得ない。片側に雑木の森がかぶさり、片側に松の大木が並樹《なみき》になった道を歩いて行った。ゆるい坂になっていて次第に小高い所へ登って行く。繁みの中で藪鶯《やぶうぐいす》が笹鳴きをしている。足許の道を大木の根が這い廻っていて、歩きにくい。いつの間にか道が高くなって、下の浅い谷になった所から聞こえて来る雞《にわとり》の鳴き声が、馬鹿《ばか》に遠い気持がする。

頻《しき》りに鵯《ひよどり》が鳴き、どこか離れた所から百舌《もず》の声がする。片側に暗い池のある所へ来た。一休みして煙草《たばこ》に火をつけた。もう帰りましょうと私が云った。菅田庵はすぐそこの、あの屋根ですと何樫さんが云った。しかし、菅田庵ではお茶を立ててすすめると云う。お茶を立てられては却《かえ》って恐縮だから、まあよそうと思う。

引き返す事にして、それで気がらくになり、なおゆっくり煙草を吹かした。暗い池に水紋が動いている。何かいるのか知らと思った時、小さな黒い魚が跳ねたので、こちらが飛び上る程びっくりした。池の上へかぶさった繁みの中に、真赤な色のもみじの大枝がある。傾きかけた西日がそれに照りつけ、水にうつって暗い池の底から、目のさめる華やかな色を水紋に散らしている。

十一

菅田庵《かんでんあん》の帰りに車を廻して松江の市中を通り抜け、松江大橋を渡って宍道湖畔の天神埋立に出た。低い松並樹のある石崖《いしがけ》に青い波が打寄せ、間近かの嫁ケ島を指呼の間に望見する。嫁ケ島は平ったい板の上に、立ち樹を載せた様な小島である。

それから車がどこだかぐるぐる廻って、何かしら説明されたが、みんな忘れてしまった。そうして松江大橋の下流にある新大橋を渡った。下流なのだろうと思う。どっちが上《かみ》だか下《しも》だかよくわからないが、日本海の入り海になっている中ノ海と、その奥の袋の様な宍道湖とをつなぐ狭い水路を大橋川と呼び、そこに架かった橋が松江大橋と新大橋である。新大橋を渡ってから、もう帰りましょうと云う事にした。どこへ行って見ても面白くはない。元来私は松江へ見物に来たのではない。それでは何しに来たのかと云う事になると自分ながら判然としないが、要するに汽車に乗って遠方まで辿《たど》り著《つ》いたのである。しかし旅行には区切りをつけなければならない。それで松江に泊まっている。外へ出て方方廻って見ても面白くもないから帰ると云うのは宿屋へ帰るので宿屋へ帰ればどう面白いかと云えば宿屋が面白いわけもない。しかしながら物事が何でも面白い必要もない。

宿屋へ帰るとお茶を立ててくれた。うまかったからもう一服所望して飲んだ。松江と云う所は、だれでもお茶を立てて飲み、職人が朝、仕事に出掛ける前にも、一服飲んで行くと云う風習だそうである。何樫さんがこんな事を云い出した。今度の御旅行に就いては、土地の新聞関係には一切だまっていたのですが、今日になって到頭わかってしまった。一寸《ちょっと》でいいからお会いしたいと申して居《お》りますけれど。

それは困った事になったと云う程の事ではない。面倒だから御免蒙《こうむ》りたいと云うだけの事、又私なぞをつかまえて会って見たところで何にもならないから、そちらでおよしになった方がよかろうと云うまでの事で、是非会おうと云うなら、逃げ隠れするにも及ばない。しかしこちらがくつろいで、今夜もまた、もろげで一ぱいと考えている所へ、別別に幾人もやって来て、その度に応接室へ呼び出されてはやり切れない。出て来るのがいやならお座敷でいいと云うので、少少怪しくなっている酒席に侵入されてはなお困る。用のない人とお酒を飲むのはいいが、彼等は用務を帯びている。如何《いか》なる用務かと云えば私に会うと云う事で、何かざら紙に書き取って、お酒の途中で帰って行くに違いない。出て行ってから思うだろう、あのおやじは利口ではない。それはそう思うのは無理がないと云うのは、私はお酒を飲むと余り利口でなくなる。よく知らないけれど大体そうらしいので、わざわざ松江くんだりまで、「引こずり《ふ》、引っぱり《ふ》」来た挙げ句に、その点を諸君に披露するなぞ気の進まない事である。

会いに来ると仰しゃるなら会いますけれど、どうか一束で御光来を願いたい。そうして下さるなら、お膳《ぜん》に坐《すわ》る前に、応接間へ出てまいります、と云う事にした。

暫らくして、皆さんお揃《そろ》いですと知らして来たから、廊下伝いに出掛けた。人員を点呼したわけではないが十人ぐらいか、或はもっといたかも知れない。その中に写真機を構えたのが幾人かいて、甚だ物物しく又馬鹿馬鹿《ばかばか》しい。型の如《ごと》く、松江の印象はどうかと問う。どう云う目的で来たかと尋ねる。こちらのお酒をどう思うかと云い出したのがいる。聞かれれば話すけれど、僕がたくらんだ事ではありませんよとことわっておいて、大阪駅からお酒を積んで来たことを白状した。琵琶湖畔の晩の話しで、お酒はこちらから持って行った方がいいと忠告された。しかし旅行中お酒の罎《びん》を持ち歩くと云うのは、余りいい趣味ではない。曖昧《あいまい》な受け答えをしておいたが、大阪駅の長い停車の間に事を運んで、私の好きな銘の罎詰が同行する事になっていた。

だから、御当地の酒の事を聞かれても、実は知らない。しかしながら、そちらからそう云って尋ねられる所をみると、お酒はまずいのだろうと、私の方で確認する事になるが、左様心得て宜《よろ》しきや。なおその外に、琵琶湖の源五郎鮒《ぶな》の鮒鮨《ずし》を持って行けとすすめられたけれど、それはことわった。宍道湖へ来て琵琶湖の鮒鮨を賞味しては、宍道湖に相済まぬ。来て見ればこちらには、もろげあり、鱸《すずき》あり、よその名物を持ち込むには及ばなかったと云う事を更《あらた》めて承知した。

お相手になって下らない事を弁じて、それで役目が済むものなら、こうして諸君の中に伍《ご》している事は迷惑ではない。しかし写真機を構えて、目の先でピカピカ閃光《せんこう》を焚《た》かれるのは、生理的に不快と不安を起こさせる。それはもういい加減で止めて貰いたいと申し出た。

地元の新聞だけでなく、大阪に本社のある新聞の派遣員もいるので、そんなに大勢になったらしいが、要するに何の得る所もなかったろうと思い、御手数を掛けて済まなかった様な気がする。尤《もつと》も何か得る所があるだろうなどと初めから考えてもいない諸君が、ただ人に構い、からかって行ったのだとすれば、いい面《つら》の皮はこっちで、おまけにその面を写真に取られた。

中に一人、何だか見覚えのある様な顔がいた。松江へ初めて来たのだから、こちらに旧知がいる筈《はず》はないが、その顔がよそから来たのかも知れないし、そのどこだかわからないよそで、私が以前に出会った事があるのかも知れない。よそと云うのは、汽車の中だとしても成り立つ。しかしそんな事は何もなくて、ただ見た様な気がすると云うだけの事かも知れない。わからない事はわからないなりでいいが、話しを終って席を立つ時、みんなに会釈《えしゃく》した目が、またその顔にぶつかった。

十二

廊下の途中に小さな橋がある。蒲鉾《かまぼこ》形に反《そ》っているので、そこで足許が少し浮き上がる。それから何となくふわふわした様で座敷に戻る間が随分長く思われた。帰って見ると山系君が一人、ぽつねんと坐っている。変に長い顔をしている。

「どうしたんだ」

「はあ」

「何をしていたの」

「なんにもしません」

「顔が長いよ」

「僕がですか」

女中が来て、応接間にまだだれかいると云う。そんな筈はない。もうみんな帰って行ったじゃないかと云っても、さっきからお待ちになっていると云う。

もう一度廊下を伝って行って見ると、あや目のはっきりしない竪縞《たてじま》の著物《きもの》を著て、よれよれの袴《はかま》を穿《は》いた男がいた。

「まだ僕に御用があるのですか」

そっぽの方を向いて、瞬《また》たきもしない。そうして黙っている。さっき顔に見覚えがあると思った男の様だが、様子が違う。さっきは著物を著たのは一人もいなかった。

いつ迄でも、そうしている。何だかこっちもうっとりして、口を利きたくない。用事がないなら座敷へ帰るよと云おうと思うけれど、云い出すのが億劫《おっくう》である。

山系君が宿屋のどてらを著込んでやって来た。輪郭のはっきりしない姿で、前に立ちはだかった。

「先生、随分長いですね」

「何が」

「まだですか」

「まだと云う事もないが」

「もうさっきから、お膳が出ているんですよ。いろんな物が、さめちまいます」

だから座敷に帰って、山系と一献を始めた。今夜ももろげが出ている。もろげの濡《ぬ》れた肌が、ぎらぎら光る。

「昨夜のとは味が違うね」

「そうか知ら」

「第一、大きいじゃないか」

「僕のは動いていますよ、そら」

「貴君《きくん》、もっとお酒を注いで下さい」

「はあ」

「まだまだ」

「どうしてそんなに飲むのですか」

「貴君《きくん》だって手許が早いじゃないか」

「何だか、こっち側が寒いのです」

「僕は僕のこっち側が寒い」

「僕、そっちの横へ行きましょうか」

「そうしよう、こっちへ移って、二人で並ぼう」

「このお膳は軽いですね。持ち上げ過ぎて、鼻を突きそうだった」

「女中はどうしたのだろう」

「もうさっきから、いませんね」

「さっきはいたかい」

「何か取りに行ったのでしょう」

「二人しかいないのに、向き合わないで、こうしておんなじ方を向いて並んでいるのは、気ちがいが養生している様な気がする。貴君《きくん》はそう思わざるや」

「僕は気ちがいの経験はありません」

「そうかね」

「あれは何の音です」

「風だろう。おい、そこにだれかいるじゃないか」

「いますね」

「だれだろう」

「わかりません。おい君君」

「声を掛けるのはよせ」

山系のいた後に坐っている男が、もっとはっきりして来て、にたにたと笑った。

「今晩は」

　水を浴びた様な気がして、急いでお酒を飲み足した。

「あなたはだれです」

「僕は名もない神でして」

「神様が僕と云うのはおかしいや」

　山系はそう云って、手酌で立て続けに二三杯飲んだ。

「こりゃもう、お銚子が途切れそうだ」

「いや、あるある。まあ一つ先生から」

　その前にも同じ様なお膳がある。いつ持って来たのか知らない。

「さあ一つ、おあけなさい」

「これはどうも恐れ入ったな。神様のお酌で」

「先生およしなさい。変です」

「大丈夫大丈夫。僕は疫病神《やくびょうがみ》でも貧乏神でもない。さあお受け下さい」

　しかしながら貧乏神でない事もない様な風態で、真鍮《しんちゅう》の剝《は》げ掛かった釦《ボタン》の詰襟服を著ている。どこかの守衛みたいで、坐っている膝《ひざ》のあたりが何となく寒そうである。

「山系君、まあいいじゃないか。いい事にして一献しよう。どうせ出雲へ来合わせたのだから」

「いいですか」

「止《や》むを得なければ即《すなわ》ち止むを得ない」

「そこだ。そうです。そうしたものだ」

「では有り難く戴《いただ》きますが、東京小石川の牛ケ鼻天神の末社に、貧乏神の祠《ほこら》がありますけれど、御存じですか」

「よく存じて居ります。つねづね御懇意に願って居りまして」

「お知り合いですか」

「あすこは随分お供え物の多い所でして、僕の先輩です」

「神様にも先輩後輩がありますか」

「有りますとも、人間社会よりは先がつかえているでしょう」

お膳の上の物を無暗《むやみ》に食っている。焼き肴《ざかな》は横ぐわえにして、しごいた。

おやと思い掛けたら、ちらりとこっちを見て、変な手つきでくわえた魚をお皿へ戻した。澄まして膝の上に置いた手が、馬鹿にきたない。爪が伸び放題に伸びている。

「卯《う》、亥《い》、巳《み》、未《ひつじ》に爪取るな」

「何ですか」

「どうも忙しいもんで、連日」

「会議がおありなのでしょう」

「委員会だとか、聯絡会議だとか」

「どう云う事を議せられるのですか」

「それは云えない。尋ねる可《べ》き事ではない。一体あなたは我儘《わがまま》だ」

「これは恐れ入りましたな」

「人がわざわざ案内すると云う所を見もしないし」

「会いに来た者はいい加減にあしらうし」

「若い者を相手に酒ばかりくらって」

少し痙攣《けいれん》した様な顔つきになり、目を引っ釣らして云い立てる。

「芸妓《げいぎ》だって怒っている」

「早く帰ってしまえ」

「極道《ごくどう》じじい」

相好《そうごう》の変った所で気がつくと、服装はちがってもさっき応接間にいた顔であり、又その前の大勢の中にいた顔でもある。そう思い掛けたら、目がきらきらっと光った。

襖《ふすま》を開けた女中が、

「あれ、又ここに、ちょいと番頭さん」と金切り声を立てた。すっと起《た》ち上って、酔っ払いの様にふらふらっとして、次の瞬間は稲妻の速さで襖の外へ飛び出した。山系君は頭を前にたれて、昏昏と眠り込んだ儘、起きない。

「どうも申し訳御座いません」

「神様か」

「神様なもんですか。菅田庵《かんでんあん》の山の狐《きつね》です」

「狐か」

「いらした時、ついて来たのですわ。あれ、あっちへ出すお膳《ぜん》が、一つ足りないと思ったら、こんな所に」

十三

神様か、菅田庵《かんでんあん》の狐か、勝手に自分で酔っ払った上の気の所為《せい》だったのか、一夜明くれば今日も明かるいよいお天気で、寝る前に湖面を包んだ霧の跡形もない。昨夜の霧は、気がついた時、余りに濃かったので、一目見て息が苦しくなる様な気がした。湖水の空を渡る夜鳥の声が、霧を透してけたたましく聞こえた後は、しんかんとして、大橋を渡る足音も絶えた。

今朝目がさめたら、どう云うわけか寝入る前に湖の遠い向う岸で、かすかに雨戸を繰る音がしたのを真先に思い出した。しかしそれも本当に聞いたのだか、どうだか解らない。今の明かるい景色では、向う岸は余りに遠い見当で、いくら辺りが静かでもそこから物音は聞こえて来ないだろう。

怪しげな現象の前で、あんなに昏睡した山系君は、今朝は御機嫌よくけろりとしている。そう云えば私だって、けろりとしていない事もない。さあ、もう支度をしなければ遅くなる。昨日向う岸の山裾《やますそ》に白煙の帯を引いて走った「いずも」の上リ七〇二列車に乗って、今日は大阪まで帰るつもりである。

宿を立ち、松江駅でまだ時間があるから一服した。昨日の新聞記者の中の一人が、今日は駅まで来ると云ったが、来ない。いい工合にと云う程の事もないけれど、来れば矢張り立つ前の時間がそれだけ忙しくなる。時間が余って何もする事がないから、送って来た宿の女中を返り見る。二人いる。しかしその顔を見て、どっちが私共の座敷の番であったか判然しない。二人ともそうだったのか。それなら二人とも見覚えはない。いや、見覚えがなくはないが、何となく顔の区分がはっきりしない。しかし今日はもう昨夜と違って、こちらは萬事曖昧《あいまい》ではない筈である。

七〇二列車が這入《はい》って来たから乗って、定時十一時四十分に発車した。動き出すと山系君が云った。

「あっ、忘れた」

「何を」

「そう云うのを忘れたのです」

「何だね」

「もろげによろしくと、女中にことづけしようと思ったのです」

しかし、もろげは山系君の好意ある伝言を聞いても喜びはしない。第一、その当のもろげは、すでに彼の腹中に這入っている。

宍道湖《しんじこ》につながる中ノ海の沿岸から、関の五本松の美保ノ関の見当を遠望し、安来節の安来駅を通過し、大山《だいせん》の山容を今度は車窓の右に眺め、米子《よなご》を過ぎて鳥取に近づき、憂鬱《ゆううつ》な砂丘に迎えられて、要するに一昨日通って来た所を逆撫《さかな》でしながら、段段松江から遠くなり、大阪へ近づいて行く。しかしながら、その道筋に間違いはないけれど、大阪と云うのはただ観念の上の終着駅《しゅうちゃくえき》であって、いくつもいくつも重なり合った山の向うの、どの辺りにあるか見当もつかない。山が迫って線路がカアヴして、後部についている私共の車室の窓から、先頭の機関車の姿がよく見える。煙を吐いて勾配《こうばい》を登って、随分一生懸命の様だがこちらは閑閑《かんかん》と座席に坐り、時時窓からその様子を眺めながら何もする事がない。家にいて、じっとしていて何もしないのとはわけが違う。松江から大阪まで八時間、正確に云えば七時間五十分、その間片づけておかなければならないと云う心づもりは、何一つない。ただぼんやり坐っているだけが、今日一日の仕事である。そうしていれば、機関車がせっせと働いて、行こうと思っている大阪へ近づく。汽車の中へ何か持ち込んだ仕事をしていても、近づく事に変りはないが、何もする事がないのだから、それ迄《まで》の話である。

午後の時間が進むにつれて、坂にかかった汽車の窓から横に低く見える空が、少し曇って来た。暗い雲を見るのは十日目ぐらいである。暗くなりかかった空の下を走り続けて、余部《あまるべ》の鉄橋へ近づいた。高い土手の上から、山鼻の陰に日本海の白浪《しらなみ》が見え始め、じきにその鉄橋に掛かったが、こう云う風に逆に行くと余部《あまるべ》の趣もない。鉄橋から隧道《ずいどう》に這入って窓の外が暗くなったと云うだけの事で余部《あまるべ》を通り過ぎた。

その内にどの辺りかで日が暮れた。暗くなった初めの頃は沿線の燈火もまばらであったが、次第にその数を増し、あたり一面ぎらぎら光りだしたと思ったら、大阪へ著《つ》いた。

足許の悪い板張りのホームへ降りた。その所為《せい》ばかりでなく、長い間一つ所に腰を掛けていた後なので、何となく歩きにくい。

タクシイを雇い、まっしぐらにホテルへ乗りつけて、さて彼と一献を始めた。車中は大変お行儀がいいので晩が待ち遠しい。しかし時間の都合で食堂はもう閉まる直前だったから、止むを得ずグリルに落ちついた。グリルはどうかすると薄い煙が棚引き、何となくにおいが漂い、好きではないが、止むを得なければ止むを得ない。

少し廻って来ると、山系君が頻《しき》りにあたりを見廻す。何が気に掛かるのだと聞いても、何でもないと云う。私共の席の随分間近まで人がつまっている。不思議に話し声は耳に立たないが、その気配が気にならない事もない。だから私も、つい見廻す。

「先生は何を見ているのです」

「何と云う事もないが」

要するに、我我は我我のテーブルに専念すればいいのであって、気を散らすのはよそう。又昨夜の様な事になっては困る。

（「週刊読売」昭和三十年一月一日〜二月五日号より）

編者解説

東　雅夫

内田百閒（一八八九〜一九七一）こと、本名・栄造は、岡山市中心部にほど近い古京町で造り酒屋を営む久吉・峯夫妻の独り息子に生まれた（筆名の由来となった「百間川」は近隣の町なかを流れる）。幼時、祖母の溺愛をうけて育つ。牛を飼いたいという願いがあっさり叶えられたエピソードにも顕著なごとく（自宅跡地の郵便局前には、このときの逸話を記念すべく小さな牛の像が祀られていたが、現在は五〇メートルほど近辺に移転）、彼の気ままな願望は、富裕な両親の手でことごとく現実となった。

中学時代から「文章世界」などの投稿誌に写生文を送り入選、六高時代には志田素琴に俳句を師事する。素琴の勧めで写生文「老猫」を文豪・夏目漱石に送り、懇切な指導に感激、これより漱石を師と仰ぎ、東京帝国大学独文科入学の翌年から漱石山房を訪い門下生となる。漱石作品の校正作業に献身するかたわら、同じく門下の芥川龍之介らと交友を重ねた。

大学卒業後、陸軍士官学校、海軍機関学校、法政大学などでドイツ語を教えるが、父親の亡きあと郷里から引き取った縁者の世話で金銭的には苦しい日々が続き、友人たちや高利貸から借金を重ねた次第は、本書に所収の各篇の素材ともなっている。

二二年、最初の創作集『冥途』(稲門堂書店)を刊行。芥川龍之介、佐藤春夫ほか『夢十夜』の系譜を継ぐものとの好意的批評が続いたが、ノンブル無しの特異な造本も災いして(関東大震災後の混乱下、ページ製本上の誤植多数)文壇的には黙殺されて終わった。

三三年刊の『百鬼園随筆』(三笠書房)以来、ユーモアあふれる達意のエッセイストとしての評価が定着(文章家百閒の稀有なる真面目は、後述の三島由紀夫による評価を参照)、翌年の法政大学騒動の煽りをうけて教職を退いて後は筆一本の生活に入る。戦災日記『東京焼盡』(五五)、鉄道随筆の成果『阿房列車』シリーズ(五二〜五六)ほか多くの人気シリーズがある。

漱石の『夢十夜』の系譜を継ぐ幻想的(夢譚的)な小品連作集として『冥途』の意義は極めて大きく、続く『旅順入城式』(三四・岩波書店)の両短篇集は幻想作家・百鬼園の占める位置を不動のものとした。不条理な状況下に放り出された語り手たちの不安なまなざしに映じる世界は、天変地異到来の予感におののき、禽獣虫魚の妖異が跳梁し、親しげだがどこか得体の知れぬ登場人物は、しばしば人ならざるモノに、いつしか変容を遂げる……こうした根深い百閒的幻想の定形パターンは、その後の小説や随筆作品においても随処に顔を覗かせており、作者にとって、フィクションとノンフィクションを隔てる皮膜は、はなはだ薄いものであったと考えられる。後年の作品では、沖合から海上を転がってくる〈ふわふわした暗いもの〉にくっついた膃肭臍《おっとせい》の子を、船を待つ人々が口に入れて啜り始める「北溟」（三七）や、汽車の通過後に顕れるという姿なき虎を待つ「虎」（三七）、それらをさらに濃縮した趣のある三島由紀夫称揚の逸品集「東京日記」（三八）など、一読忘れがたい幻視の煌めきがある。これらは『冥途』以来の幻想小品の系譜というべきもので、後年にも「とおぼえ」（五〇）「神楽坂の虎」（五九）などの秀作がある。

その一方で、百閒自身が『旅順入城式』序で、「山高帽子」「影」など同書冒頭の七篇を、『冥途』風の〈短章〉ではなく〈物語の体《てい》〉あるものだと区別して述べているように、通常の小説の体裁に近い一連の創作もあり、そこではより現実的な設定のもと、不条理な対人関係の葛藤に怯えとまどう語り手の姿が、迫真の恐怖とともに描き出されている。凶事の使者のごとく出没する新任教官に怯える退官教授の日常を描く「南山寿」（三九）、一読慄然の連作集「青炎抄」（三七）、亡友の遺品を夜ごと引き取りに来る未亡人の不気味さが忘れがたい印象を遺す「サラサーテの盤」（四八）、〈阿房列車〉連作のホラー版ともいうべき「由比駅」（五二）などが、後者を代表する作品である。ほかに、谷中安規画伯の装画が忘れがたい、ナンセンス童話の名作『王様の背中』(三四)など。

百鬼園先生のアンソロジーは、すでに平凡社ライブラリーから『百鬼園百物語――百閒怪異小品集』を上梓した。これは空前絶後の独り百物語スタイルを意識したもので、百閒の小品や掌篇の有する古今独歩の魅力を能く伝えて、幸いなことにたいそう好評で版を重ねることができた。

そこで二冊目の百閒アンソロジーを、どこかで編む好機が訪れたならば、今度はとことん怖い物語の傑作選を作りたいと切望していた。幸いにも、ここに時は来たれり！

昨年末から始まった、この双葉文庫の〈文豪怪奇コレクション〉――夏目漱石篇と江戸川乱歩篇が、幸い好評をもって迎えられたことから、ここにめでたくも第三弾となる内田百閒の巻を加えることが出来た。これひとえに黙って買い支えてくださる愛読者諸賢の御高配の賜物である。編者百拝、心より御礼を申し述べたいと思う。

『百鬼園百物語』は、その名のとおり、一冊に百話の怪しい物語を収めねばならず、当然のことながら掌篇集たることを宿命付けられている。まあ、『冥途』の昔から戦後の『東京日記』に至るまで、短くて怖ろしい話は百閒自家薬籠中のものゆえ、これはさしたる足枷にはならなかったが、とはいえ百閒流の恐怖領域に特有の長さ、というものは厳として存在するものと見えて、その長さが俄然、力を発揮する「とおぼえ」であるとか（おりおりに投入される犬の遠啼きの怖いこと怖いこと！）、なにげない日々の日常の繰り返しが、堪らない恐ろしさを淡々と演出してみせる逸品「サラサーテの盤」など、諸家お墨付きの恐怖の名品群たるや！　やはりわけもよく分からないまま、天候の異変であるとか空の明暗の具合であるとかいった些事（本当にそれは些事、なのか？）の積み重ねが、次第次第に居たたまれないような恐怖感を醸造してしまう、この不思議さよ……。読み進めるにつれて、いつしか空模様が怪しくなりまさり、大風も出て、ついにはぽつり、ぽつり、と曇天から冷たいものが落ちてくる。それを呼び水にして、お濠の中や玄関先に、わやわやと怪しいものたちの〈気配〉が朦々と濃度を高めてゆき……百閒の夢譚ならぬ恐怖小説について、一度はこのような〈純粋〉アンソロジーを編みたいと切望していた所以である。

ここでぜひとも、次の一文を引用掲載しておきたいと思う（三島由紀夫「解説——日本の文学34　内田百閒・牧野信一・稲垣足穂」）。いささか長きにわたり恐縮だが、これは文学、優れた文学をめぐり記された、過去五十年余における最も注目されるべき一文であり、ぜひこのアンソロジー収録作品群とともに、じっくりと読み味わい理解していただきたい一文なのである。

〈もし現代、文章というものが生きているとしたら、ほんの数人の作家にそれを見るだけだが、随一の文章家ということになれば、内田百閒氏を挙げなければならない。たとえば「磯辺の松」一篇を読んでも、洗練の極、ニュアンスの極、しかも少しも繊弱なところのない、墨痕あざやかな文章というもののお手本に触れることができよう。これについてはあとに述べるが、アーサー・シモンズは、「文学でもっとも容易な技術は、読者に涙を流させることと、猥褻感《わいせつかん》を起させることである」と言っている。この言葉と、佐藤春夫氏の「文学の極意は怪談である」という説を照合すると、百閒の文学の品質がどういうものかわかってくる。すなわち、百閒文学は、人に涙を流させず、猥褻感を起させず、しかも人生の最奥の真実を暗示し、一方、鬼気の表現に卓越している。このことは、当代切っての反骨の文学者が、文学の易《やさ》しい道を悉《ことごと》く排して最も難事を求め、しかもそれに成功した、ということを意味している。百閒の文章の奥深く分け入って見れば、氏が少しも難しい観念的な言葉遣いなどをしていないのに、大へんな気むずかしさで言葉をえらび、こう書けばこう受けるとわかっている表現をすべて捨てて、いささかの甘さも自己陶酔も許容せず、しかもこれしかないという、究極の正確さをただニュアンスのみで暗示している、皮肉この上ない芸術品を、一篇一篇成就していることがわかる。しかしこれだけの洗練された皮肉、これだけの押し隠した芸、これだけの強い微妙さが、現代の読者にどれだけ理解されるであろうか。何でもよい、百閒の名品を一篇とりだして、「芸術品とはこういうものだ」と若い人に示したい気持に私は襲われる。それは細部にすべてがかかっていて、しかも全体のカッキリした強さを失わない、当代稀《まれ》な純粋作品である〉

かく申す私もまた、三島に倣い〈何でもよい、百閒恐怖譚の名品を一篇とりだして、「芸術品とはこういうものだ」と若い人に示したい気持に〉襲われたのであった。本当に、本書収録作中、どれでもよい、巻頭の「とおぼえ」でも、「サラサーテの盤」でも、不穏窮まりない「青炎抄」でも「狭筵」でも……愉快なこと無類な『第三阿房列車』の一篇たる「菅田庵の狐　松江阿房列車」においてすら……一読三読なお飽くことを知らず。文章道とは、こういうものなのだ。ただ、酔うべし！　陶然と。